Les grand-mères

Du même auteur
aux Éditions J'ai lu

MARA ET DANN

N° 6695

LE RÊVE LE PLUS DOUX

N° 8607

UN ENFANT DE L'AMOUR

N° 8721

LE MONDE DE BEN

N° 8899

ALFRED ET EMILY

N° 9030

VICTORIA ET LES STAVENEY

N° 9519

DORIS

LESSING

Les grand-mères

ROMAN

Traduit de l'anglais
par Isabelle D. Philippe

J'AI LU

Titre original :
THE GRANDMOTHERS

Éditeur original :
Flamingo, an imprint of Harper*Collins*Publishers

De part et d'autre d'un petit promontoire surchargé de cafés et de restaurants s'étendait une mer folâtre mais modérée. Rien en tout cas qui approchât du véritable océan, lequel grondait et rugissait à l'extérieur du trou béant formé par l'arrondi de la baie et la barrière corallienne que tout le monde appelait – cela figurait même sur les cartes – Baxter's Teeth[1]. Qui était ce Baxter ? Bonne question, souvent posée, à laquelle répondait un parchemin artistement patiné accroché au mur du restaurant situé au bout du promontoire. Cet établissement occupait le plus bel emplacement, le plus élevé donc le plus prestigieux. *Baxter's* était son nom ; on racontait que l'arrière-salle de brique légère et de roseau avait été la hutte de Bill Baxter, qu'il l'avait bâtie de ses propres mains. Ce Baxter était un navigateur infatigable, un marin qui avait découvert par hasard cette baie paradisiaque et son petit cap rocheux. Des variantes plus

1. En anglais : « Les Dents de Baxter ». *(Toutes les notes sont du traducteur.)*

anciennes de la légende mentionnaient aussi des indigènes pacifiques et hospitaliers. Mais d'où provenaient ces « Dents » accolées à son nom ? Baxter continua à explorer avec passion les côtes et les îles avoisinantes ; et puis, s'en étant remis à une coque de noix construite à coups de bois flotté et de savoir-faire, il s'était échoué, par une nuit de clair de lune, sur ces « sept rochers noirs » à proximité de sa hutte où une lampe-tempête aussi fiable qu'un phare accueillait les bateaux assez petits pour pénétrer dans la baie après en avoir négocié le récif.

La terrasse de *Baxter's* était à présent plantée de grands arbres, qui abritaient des tables et leur cortège de chaises ; en contrebas, une mer bon enfant l'entourait.

Un sentier montait en serpentant au milieu des arbustes pour s'arrêter aux jardins du *Baxter's*. Un après-midi, six personnes se lancèrent dans cette douce ascension. Quatre adultes et deux petites filles, dont les cris de joie faisaient écho au tapage des goélands.

En tête marchaient deux hommes séduisants, plus tout à fait de la première jeunesse mais que seules de mauvaises langues pouvaient dire d'âge mûr. L'un d'eux boitait. Deux dames d'une soixantaine d'années les suivaient, assez belles pour que personne n'eût songé à les juger vieilles. À une table visiblement bien connue d'eux, ils déposèrent sacs, paréos et joujoux ; c'étaient des êtres soignés et resplendissants, comme tous ceux qui savent profiter du soleil. Ils s'installèrent – les jambes brunes et soyeuses des femmes négligemment terminées par des sandales, leurs mains que l'on devinait actives pour un temps au repos. Les femmes occupaient un côté de la table, les hommes l'autre, avec les fillettes qui ne tenaient pas en place. Six têtes blondes ? Ils étaient sûrement parents. Ce devaient être les mères des hommes. Les petites filles, qui réclamaient à grands cris la plage – laquelle se trouvait au bas d'un sentier rocailleux – reçurent l'ordre, de leurs grand-mères puis de leurs pères, de bien se tenir et de jouer gentiment. Elles s'accroupirent et se mirent à tracer des dessins dans la poussière avec leurs doigts et de petits bâtons. De bien jolies petites filles. Comment pourrait-il en être autrement avec des géniteurs aussi gâtés par la nature ?

D'une fenêtre du *Baxter's*, une jeune fille les interpella :

— Comme d'habitude ? Je vous sers la même chose que d'habitude ?

Une des femmes agita la main dans sa direction, ce qui voulait dire oui. Aussitôt apparut un plateau où des jus de fruits frais et des sandwichs complets montraient que l'on avait affaire à des personnes soucieuses de leur santé.

Son examen de fin d'études secondaires en poche, Theresa était venue passer un an hors d'Angleterre avant d'entrer à l'université. Elle leur avait livré ce renseignement des mois plus tôt ; en retour, elle était tenue au courant des progrès des fillettes en primaire. À ce moment, elle demandait comment cela se passait à l'école. L'une après l'autre, les enfants firent entendre leurs petites voix pour dire que leur école était « cool ». La jolie serveuse regagna en courant son poste d'observation à l'intérieur du *Baxter's*, adressant au passage un sourire aux deux hommes, ce qui fit sourire les deux femmes, d'abord l'une à l'autre, puis à leurs fils. L'un d'eux, Tom, remarqua :

— Elle n'arrivera jamais à rentrer en Angleterre, tous les garçons cherchent à la retenir...

— Quelle bêtise elle fera si elle se marie et abandonne ses études ! s'écria une des femmes, Roz, de son vrai nom Roseanne, la mère de Tom.

Mais l'autre femme, Liliane, dite Lil, la mère d'Ian, protesta :

— Oh, je ne sais pas !

Elle souriait à Tom. À cette concession, ou à ce compliment somme toute à leur droit à l'existence, les hommes hochèrent la tête d'un air humoristique, les lèvres pincées, comme après un échange souvent entendu.

— Bon, reprit Roz, ça m'est égal, mais dix-neuf ans c'est quand même trop jeune.

— Qui sait comment cela pourrait se terminer ? lança Lil en rougissant.

Se sentant le visage en feu, elle eut une petite grimace qui lui donna un air malveillant ou provocateur ; cela lui ressemblait si peu que les autres échangèrent des regards quelque peu indéchiffrables.

Tous soupirèrent et, s'entendant les uns les autres, éclatèrent soudain d'un rire franc, nourri, qui semblait un aveu de non-dits. Une des fillettes s'exclama :

— Pourquoi riez-vous ?

Et la deuxième, Alice, copiant la petite expression malveillante de sa grand-mère, qui en fait n'avait rien eu d'intentionnel :

— Qu'y a-t-il de si drôle ? Je ne vois pas ce qu'il y a de drôle.

Mal à l'aise, Lil piqua un nouveau fard.

Shirley s'obstina, monopolisant l'attention :

— C'est une blague, papa ?

À cette question, les deux pères se jetèrent dans une bagarre improvisée avec leurs filles, qui protestèrent en se baissant instinctivement puis vinrent en redemander, avant de trouver refuge sur les genoux de leurs grand-mères. Elles y restèrent à bâiller, le pouce à la bouche, les yeux mi-clos. C'était un après-midi suffocant.

Une image de la somnolence repue. Aux tables voisines, sous les grands arbres, lézardaient des gens aussi heureux qu'eux. Les flots environnants, à peine quelques mètres plus bas, bruissaient et clapotaient ; les voix, elles, étaient basses et indolentes.

Immobile devant la fenêtre du *Baxter's* avec son plateau de boissons fraîches momentanément en suspens, Theresa contemplait la famille. Des larmes glissèrent sur ses joues. Elle avait été amoureuse de Tom, et puis d'Ian, puis de nouveau de Tom, pour leur beauté, leur aisance, et quelque chose de plus, un air comblé, comme s'ils avaient baigné toute leur vie dans un plaisir qui s'exprimait à présent sous forme d'ondes invisibles de contentement.

Il y avait aussi la manière dont ils s'y prenaient avec les petites filles, leur assurance et leur savoir-faire. Et les grand-mères, toujours disponibles, transformant le quatuor en sextuor... Mais où donc étaient les mères ? Les enfants avaient toujours une mère. Ces deux petites filles avaient Hannah et Mary, toutes deux étonnamment différentes de la famille blonde avec qui elles s'étaient alliées, puisqu'elles étaient petites et brunes ; malgré leur charme, Theresa savait qu'aucune des deux n'était assez bien pour ces hommes. Elles travaillaient, elles avaient monté une société. C'est pourquoi les grand-mères étaient si souvent là. Elles-mêmes ne travaillaient donc pas ? Si, mais elles se réservaient la liberté de dire : « Allons au *Baxter's* », et de monter la voir au *Baxter's*. Leurs belles-filles aussi, parfois, et ils étaient alors huit.

Theresa était amoureuse d'eux tous. Elle l'avait enfin compris. Les hommes ? Oui, son cœur languissait pour eux, mais pas trop sérieusement. Ce qui emplissait ses yeux de larmes, c'était de les voir tous là, de les regarder, comme en ce moment. Derrière elle, à une table proche du bar, se tenait Derek, un jeune agriculteur, qui voulait l'épouser. Elle n'avait rien contre lui, il lui plaisait même assez, mais elle savait que sa vraie passion, c'étaient eux : la Famille.

Au-dessus de l'épaisseur des ombrages percés de jours, le soleil enserrait l'arbre ; le bleu torride du ciel, mêlé de bonheur, de félicité, semblait prêt à exsuder de grosses gouttes d'une sorte de rosée d'or qu'elle seule était capable de voir. À cet instant précis, elle décida d'épouser son agriculteur et de rester ici, sur ce continent. Elle ne pouvait pas quitter cet endroit pour les charmes capricieux de l'Angleterre et de Bradford, même si les landes supportaient assez bien la comparaison quand le soleil se décidait à briller. Non, elle resterait ici, il le fallait. « Je le veux, je le veux », se répéta-t-elle, laissant enfin ses larmes couler librement. Elle rêvait à cette décontraction physique, à ce calme qui s'exprimait en mouvements nonchalants, à ces longs bras et ces longues jambes hâlés, et au reflet des têtes d'un blond doré au soleil.

Juste au moment où elle traçait ainsi son avenir, elle vit une des belles-filles gravir le sentier. Mary, oui, c'était elle. Un petit bout de brune remuante, qui n'avait rien de l'assurance et du style de « la Famille ».

Elle montait lentement. Elle s'arrêtait, le regard fixe, se remettait en marche, s'arrêtait encore, avec une absence de hâte qui était calculée.

« Eh bien, je me demande ce qui la mine ainsi », songea-t-elle, abandonnant enfin sa fenêtre pour porter son plateau à des clients sûrement déjà impatients.

Mary n'avançait presque plus. Elle fixait les siens, les sourcils froncés. Roz Struthers l'aperçut et lui adressa un signe, puis un autre. Pendant que sa main s'abaissait lentement, comme si elle donnait un avis de prudence, son visage commença à perdre de son éclat et de son charme. Elle regardait sa belle-fille, mais pour ainsi dire par-dessus l'épaule, et à cause de ce que disait son visage, son fils Tom se tourna aussi, puis agita la main. Ian l'imita. Les mains des deux hommes retombèrent, comme celle de Roz plus tôt ; leur geste était empreint de fatalisme.

Mary s'était immobilisée. À côté d'elle se trouvait une table. Elle s'affala sur une chaise, sans cesser de fixer Lil, puis Tom, son mari. Ses yeux étrécis, accusateurs, erraient d'un visage à l'autre. Un regard qui cherchait quelque chose. Dans sa main, un paquet. Des lettres. Le regard fixe, elle était assise à trois mètres d'eux.

Theresa avait fini de servir ses autres tables et retrouvé sa fenêtre. Elle nourrissait des pensées hostiles à l'encontre de Mary, qui avait épousé l'un des fils, mais elle savait que c'était par jalousie. Elle se justifiait ainsi : « Si elle était assez bonne pour eux, je n'aurais rien contre elle. Simplement elle ne leur arrive pas à la cheville. »

Seul un œil jaloux pouvait ainsi dénigrer Mary, une jeune femme brune d'un charme saisissant, même si à ce moment précis elle n'était pas jolie, avec son minois chiffonné couleur mastic et ses lèvres pincées.

Theresa vit le paquet de lettres. Elle regarda les quatre autres, toujours attablés. « On dirait qu'ils jouent aux statues », pensa-t-elle. La lumière se retirait d'eux. Le magnifique après-midi pouvait briller de tous ses feux, eux restaient inertes, comme foudroyés. Et Mary fixait tantôt Lil, tantôt Roz, reportait ensuite son regard sur Tom et sur Ian, puis le manège recommençait, encore et encore.

Sur une impulsion qui la surprit elle-même, Theresa versa de l'eau fraîche d'une carafe dans un verre et courut l'apporter à Mary. Celle-ci tourna lentement la tête et regarda Theresa bien en face, sans prendre le verre. Theresa le posa. Puis, attirée par le miroitement de l'eau, Mary tendit la main mais la retira aussitôt : elle tremblait trop pour tenir quoi que ce fût.

Theresa retourna à sa fenêtre. L'après-midi s'était assombri pour elle. Tout son corps tremblait. Que se passait-il ? Qu'est-ce qui n'allait pas ? Il se préparait quelque chose de grave, de terrible.

Enfin Mary se leva avec peine, franchit la distance qui la séparait de la table occupée par la famille et s'écroula sur une chaise à l'écart : elle n'appartenait pas au clan.

Les quatre autres remarquèrent alors le paquet de lettres dans la main de Mary.

Ils restèrent cois, regardant Mary. Attendant.

C'était à elle de parler. Mais était-ce vraiment nécessaire ? Ses lèvres tremblaient, elle-même tremblait de tous ses membres, l'air à deux doigts de s'évanouir. Ses yeux clairs, jeunes, accusateurs erraient toujours d'un visage à un autre. Tom, Lil, Roz, Ian. Sa bouche était tordue, comme si elle avait mordu dans quelque chose d'acide.

« Qu'est-ce qui leur arrive ? Que se passe-t-il ? » se demandait Theresa, les fixant toujours de sa fenêtre. Bien que moins d'une heure plus tôt elle eût décidé qu'elle ne pourrait jamais quitter cette côte, ce panorama plein de charme et de plénitude, la jeune femme songeait à présent : « Il faut que je parte, je vais dire non à Derek, je veux ficher le camp d'ici. »

Alice, la petite sur les genoux de Roz se réveilla avec un cri, vit que sa mère était là – « Maman, maman ! » – et lui tendit les bras. Mary réussit à se lever, fit le tour de la table en se tenant aux dossiers des chaises pour ne pas tomber et prit Alice dans ses bras.

Ce fut alors au tour de l'autre petite fille de s'agiter sur les genoux de Lil.

— Où est ma maman ?

Mary tendit la main pour attraper Shirley ; en un clin d'œil les deux enfants se retrouvèrent sur ses genoux.

Les fillettes sentirent la panique de Mary, sa colère, perçurent la gravité de la situation et tentèrent alors de retourner vers leurs grand-mères.

— Mamie, mamie, je veux mamie !

Mary les retint fermement toutes les deux.

Un petit sourire amer flottait sur le visage de Roz, comme si elle confirmait une mauvaise nouvelle à un être caché au tréfonds d'elle-même.

— Mamie, tu viens me chercher demain pour aller à la plage ?

Et Alice :

— Mamie, tu avais promis qu'on irait à la plage…

Alors, Mary prit enfin la parole d'une voix chevrotante. Ses seuls mots furent :

— Non, vous n'irez pas à la plage. Et s'adressant directement à ses aînées : Vous n'emmènerez pas Shirley et Alice à la plage.

C'était à la fois le jugement et la sentence.

— On se reverra bientôt, Alice, murmura Lil avec hésitation, humilité, même.

— Non, répliqua Mary, qui se leva, un enfant à chaque main, le paquet de lettres fourré dans la poche de son pantalon. Non, répéta-t-elle farouchement, laissant enfin éclater l'émotion qui l'empoisonnait. Non et non, vous ne la reverrez plus, plus jamais. Vous ne les reverrez jamais.

Elle se tourna pour partir, entraînant les enfants avec elle.

— Attends une minute, Mary, protesta son mari.

— Non.

Elle descendit le sentier aussi vite que possible, trébuchant et tirant les fillettes derrière elle.

Et maintenant, les quatre qui restaient assis, les femmes et leurs fils, allaient quand même dire quelque chose, donner des explications, apporter quelque clarté ? Pas un mot. Crispés, abattus, sombres, ils restaient à leur place. Puis, à la fin, l'un d'eux parla. C'était Ian, qui s'adressa directement à Roz avec une familiarité passionnée, les yeux hagards, les lèvres pincées de colère.

— C'est ta faute. Oui, c'est ta faute, je te l'avais dit. C'est entièrement ta faute si c'est arrivé.

Roz opposa sa propre colère à la sienne. Elle éclata de rire. Un rire dur, forcé, amer, en cascade.

— Ma faute, répéta-t-elle. Bien sûr. De qui d'autre ?

Et elle se remit à rire. Sur une scène, ce rire eût été ravageur, mais son visage était baigné de larmes.

À l'abri de leurs regards, sur le sentier, Mary avait rejoint Hannah, la femme d'Ian, qui n'avait pas eu la force d'affronter les coupables, en tout cas pas aux côtés de Mary, dont elle ne pouvait égaler la fureur. Elle l'avait laissée monter toute seule pendant qu'elle attendait là, pleine de doutes, de chagrin et de reproches qui commençaient à bouillonner, menaçant de déborder. Mais elle n'était pas en colère, elle exigeait juste des explications. Elle reprit Shirley à Mary, et les deux jeunes femmes, leurs enfants dans les bras, restèrent plantées côte à côte sur le sentier, devant une haie de dentelaires qui formait la limite avec un autre café. Sans parler, elles se regardaient dans les yeux ; Hannah cherchait dans ceux de Mary une confirmation, qu'elle obtint :

— C'est vrai, Hannah.

Et à présent ce rire. Roz qui riait. Ces éclats de rire durs, triomphants, voilà ce qu'entendaient Mary et Hannah ; chacun d'eux les cinglait par son âpreté, sa force, elles se recroquevillaient sous l'effet de ces sons cruels, tremblaient comme sous des coups de fouet.

— Monstre, proféra enfin Mary, entre des lèvres qui lui semblaient être devenues pâteuses ou dures comme du bois.

Et au moment où les derniers gloussements de Roz leur parvenaient, les deux jeunes femmes fondirent en larmes et dévalèrent le reste du sentier, loin de leurs maris, loin de leurs belles-mères.

Deux petites filles s'étaient présentées à l'école le même jour, à la même heure, s'étaient jaugées mutuellement et avaient trouvé l'une en l'autre leur meilleure amie. Des bouts de chou, qui affrontaient bravement la grande école, aussi pleine de monde et animée qu'un supermarché et régie par ce qu'elles savaient déjà être des hiérarchies de filles dont elles sentaient l'hostilité. Mais voilà une alliée, et elles se donnèrent la main, tremblantes de peur et de leurs efforts pour se montrer courageuses. Une grande école sur une hauteur, entourée d'espaces verts à l'anglaise mais surmontée d'un ciel qui n'avait rien d'anglais, prête à absorber ces petites, de vrais bébés, croyaient leurs parents. Assez petites pour les émouvoir jusqu'aux larmes ! Et émus, ils l'étaient.

Intrépides, elles avaient la repartie facile et ne tardèrent pas à faire cesser les brimades réservées aux nouvelles ; elles se défendaient toujours l'une l'autre, avaient leurs bagarres personnelles et leurs combats communs. « Comme des sœurs », disaient les gens, et même : « comme des jumelles ». D'accord, elles avaient toutes les deux une belle queue-de-cheval brillante, des yeux bleus et un côté vif-argent, mais, à bien y regarder, elles ne se ressemblaient pas tant que cela. Liliane, dite Lil, était menue, avec un petit corps dur, des traits délicats, tandis que Roseanne ou Roz était plus robuste. Alors que Lil jetait un regard pur et grave sur le monde, Roz trouvait à plaisanter sur tout. Mais c'était chic de penser et de dire « comme des sœurs », et aussi « on croirait qu'elles sont jumelles » ; c'était agréable de trouver des ressemblances là où il n'y en avait peut-être aucune, et cela continua au fil des trimestres puis des années scolaires. Les deux fillettes inséparables habitaient dans la même rue, ce qui était commode pour leurs parents, devenus amis à cause d'elles, comme cela arrive souvent, et conscients qu'ils avaient de la chance d'avoir des filles qui s'étaient choisies mutuellement et facilitaient ainsi la vie de tout le monde.

Mais leur vie était déjà facile. Ceux qui ont des existences aussi plaisantes, insouciantes, exemptes de tout problème ne sont pas nombreux sur cette terre : sur ces rivages bénis, personne ne s'isolait pour pleurer sur ses péchés ou sur le manque d'argent, ni encore moins de nourriture. Quel beau monde, lisse et éclatant de soleil, de sport, de bonne chère ! Peu de gens, où qu'ils vivent, connaissaient des côtes semblables, sauf peut-être lors de courtes vacances, ou dans des récits de voyages semblables à des songes. Soleil et mer, mer et soleil, et toujours la rumeur des vagues sur les plages.

Les petites filles avaient grandi dans un monde bleu. Au bout de chaque rue il y avait la mer, aussi bleue que leurs yeux – on le leur avait assez souvent répété. Le ciel bleu au-dessus de leurs têtes était si rarement bas ou gris qu'un temps couvert était un plaisir en raison même de sa rareté. Le vent, presque jamais aigre, apportait un agréable coup de fouet iodé, et l'air était toujours salé. Les petites filles léchaient le sel sur leurs mains et leurs bras, et se léchaient mutuellement aussi, un jeu qu'elles appelaient les « baisers de veaux ». Les bains du soir étaient toujours salés, au point qu'elles devaient se rincer avec de l'eau remontée du fin fond de la terre, et qui avait un goût minéral. Quand Roz dormait chez Lil, ou Lil chez Roz, les parents contemplaient en souriant les deux ravissantes lutines pelotonnées ensemble comme des chiots ou des chatons, embaumant dans leur sommeil le savon et non plus la mer. Et durant toute leur enfance, nuit et jour, le bruit du ressac, les douces vagues apprivoisées de la baie de Baxter's Teeth les avaient bercées doucement, comme une respiration.

Les sœurs, les jumelles, et même les meilleures amies, souffrent de rivalités passionnées, souvent secrètes. Par exemple, Roz savait combien Lil avait été malheureuse quand ses seins – ceux de Roz – avaient poussé une bonne année avant les siens, accompagnés d'autres signes attestant qu'elle avait grandi. Elle fut donc prodigue en promesses et réconforts, consciente que sa propre brûlante envie à l'égard de son amie n'était pas de celles qui guérissent avec le temps ; elle aurait tant voulu que son corps fût aussi dur et menu que celui de Lil, qui portait la toilette avec tant d'allure et d'élégance, alors qu'elle-même était déjà traitée de grosse par les mauvaises langues. Elle devait faire attention à son alimentation, tandis que Lil pouvait manger ce qu'elle voulait.

Les voilà donc déjà adolescentes : Lil l'athlète, qui excellait dans tous les sports, et Roz qui, extravertie, imposante, tonique, bruyante, jouant les premiers rôles dans les pièces du collège, faisait rire les autres : elles se complétaient, de la même façon qu'elles s'étaient naguère ressemblé comme deux gouttes d'eau : « On a du mal à les distinguer l'une de l'autre. »

Toutes les deux allèrent à l'université, Lil pour le sport, Roz pour le groupe de théâtre, et demeurèrent « meilleures amies ». Elles se donnaient des nouvelles de leurs conquêtes sans attacher d'importance à leur rivalité et étaient si proches que, même si elles brillaient dans des milieux différents, leurs deux noms étaient toujours associés. Ni l'une ni l'autre n'était encline aux passions exclusives, aux jalousies et aux peines de cœur.

Une fois la fac terminée, voici enfin le monde des adultes, avec sa loi qui voulait que les filles se marient jeunes. « Vingt ans et toujours pas mariée ! »

Roz commença à fréquenter Harold Struthers, un universitaire un brin poète. Quant à Lil, elle avait rencontré Theo Western, propriétaire d'un magasin de vêtements et d'articles de sport. Ou plutôt d'une chaîne de magasins. Il gagnait bien sa vie. Les hommes sympathisèrent, les femmes y avaient veillé – et on célébra un double mariage.

Jusqu'ici tout allait bien.

Ces crevettes vif-argent, ces fillettes mutines, étaient devenues de superbes jeunes femmes : Liliane dans une robe de mariée qui ressemblait à un arum et Roz dans ce qui s'approchait plus d'une rose d'argent. Ainsi en avait jugé la grande page de mode du principal journal local.

Elles habitaient deux maisons qui se faisaient face dans une rue qui dévalait vers la mer, non loin de la pointe de terre qui abritait *Baxter's*, un coin populaire mais bohème. Selon le proverbe qui dit « Si vous voulez savoir si un quartier a le vent en poupe, alors voyez si ces hirondelles précoces que sont les artistes s'y installent », celui-là ne devait pas demeurer longtemps populaire.

Lil était une championne de natation connue sur tout le continent et même plus loin. Roz, elle, ne se contentait pas de jouer la comédie et de chanter, elle montait des pièces et commençait à créer des spectacles. Toutes les deux étaient donc très occupées. Malgré toutes ces activités, Liliane et Theo Western annoncèrent la naissance d'Ian. Et moins d'une semaine après, Roseanne et Harold Struthers suivaient avec Thomas.

Deux petits garçons blonds, adorables, on disait qu'ils auraient pu être frères. En réalité, Tom était un petit bonhomme sérieux, facilement gêné par l'exubérance de sa mère. Ian, lui, était délicat, nerveux et « difficile », alors que Tom ne le fut jamais. Il ne dormait pas bien et faisait parfois des cauchemars.

Les deux familles passaient les week-ends et les vacances ensemble. Une seule grande famille unie, clamait Roz pour définir la situation. Les deux pères pouvaient partir faire de la randonnée ou pêcher en montagne. « Les garçons seront toujours des garçons », comme disait encore Roz.

Les choses suivaient leur petit bonhomme de chemin, tout ce qui n'était pas tel que cela aurait dû être était soigneusement dissimulé. « Quand quelque chose n'est pas cassé, pourquoi vouloir recoller les morceaux ? » disait souvent Roz. Elle s'inquiétait pour Lil pour des raisons qui apparaîtraient par la suite. Lil avait peut-être ses problèmes, mais pas elle, pas Harold et Tom. Tout allait bien.

Et puis cela arriva.

Décor : la chambre conjugale. Les garçons avaient une dizaine d'années. Roz était affalée sur le lit. Perché sur le bras d'un fauteuil, Harold regardait sa femme, souriant mais déterminé. Il venait de lui apprendre qu'on lui proposait une chaire dans une université d'un autre État.

— Bon, répondit Roz, tu pourras toujours descendre le week-end, ou nous pourrons monter te voir, j'imagine.

Cela lui ressemblait tellement – n'est-ce pas ? – de nier ainsi ce qui représentait une menace pour leur couple, qu'il laissa échapper un petit rire non dénué de tendresse, puis reprit au bout d'un silence :

— Je veux que Tom et toi veniez avec moi.

— Tu veux qu'on déménage d'ici ? – Roz s'assit, secouant, afin de bien voir son mari, sa chevelure blonde qu'elle avait fait friser. Qu'on parte… ?

— Pourquoi ne le dis-tu pas ? Qu'on parte loin de Lil, c'est ça, hein ?

Roz joignit les mains sur sa poitrine, avec une consternation toute théâtrale. Mais elle était sincèrement abasourdie, indignée.

— Qu'est-ce que tu insinues ?

— Je n'insinue pas, je dis. Aussi étrange que cela puisse paraître – cette expression préludait d'habitude à une querelle –, j'aimerais avoir une femme, une vraie.

— Tu es fou !

— Non, je voudrais te montrer quelque chose – il sortit une boîte de film. S'il te plaît, Roz, je suis sérieux. J'aimerais que tu ailles à côté et que tu regardes ça.

Roz se leva du lit avec force protestations comiques.

Elle était à demi nue. Poussant un profond soupir destiné aux dieux ou à quelque spectateur impartial, elle mit un déshabillé orné de plumes roses, vestige des costumes d'une pièce : il lui avait paru fait pour elle.

Elle s'assit dans la pièce voisine, face à un panneau de mur blanc épargné par le fouillis ambiant.

— Mais qu'est-ce que tu mijotes, enfin ? Je me le demande, dit-elle gentiment. Harold, espèce de gros nigaud ! Vraiment, je veux dire, je te pose la question !

Harold commença la projection. Un film d'amateur. On les voyait tous les quatre, les deux maris et les deux femmes. Elles étaient sur la plage et portaient des paréos sur leurs bikinis. Les hommes étaient encore en maillot de bain. Puis une autre scène : Roz et Lil calées dans la banquette, cette même banquette où Roz se trouvait actuellement, et les hommes qui regardaient, penchés en avant sur leurs chaises droites. Les femmes discutaient. De quoi ? Cela avait-il une importance ? Elles n'avaient d'yeux que pour elles-mêmes, montaient vite au filet pour marquer un point. Les hommes n'arrêtaient pas de tenter d'intervenir, de se mêler à la conversation, mais les femmes ne les entendaient littéralement pas. Au bout d'un moment, Harold montrait son irritation, suivi de Theo, tous deux élevant même la voix, mais les femmes n'écoutaient toujours pas et, à la fin, quand les hommes protestaient à grands cris, Roz levait une main pour les arrêter.

Roz se souvenait précisément de cette discussion. Le sujet en était anodin. Les garçons devaient aller passer le week-end chez des copains pour camper. Leurs parents en discutaient, c'était tout. En réalité, c'étaient les mères qui discutaient ; les pères auraient pu tout aussi bien ne pas être là.

Les hommes avaient assisté à la scène réduits au silence, échangeant même des regards. Harold était contrarié, mais l'attitude de Theo disait seulement : « Alors les femmes, qu'est-ce que vous attendez de nous ? »

Et ensuite, une fois le sujet – les garçons – réglé, Roz commença :

— Je dois simplement te dire…

Puis elle se pencha en avant pour parler à Lil, baissant la voix sans s'en rendre compte afin de lui murmurer quelque chose, rien d'important.

Les hommes n'avaient qu'un rôle de spectateurs, Harold tout vigilance, tout ironie, Theo blasé.

Cela continua ainsi, puis la cassette s'acheva.

— Tu veux dire que tu as vraiment filmé tout ça… pour me piéger ? Tu as préparé ça pour m'atteindre !

— Non, tu ne te souviens pas ? J'avais filmé les enfants sur la plage. Puis tu m'as pris la caméra pour nous filmer, Theo et moi. Et après Theo a dit : « Et les filles ? »

— Oh ! souffla Roz.

— Oui. C'est seulement quand je me suis repassé les images, hier en fait, que j'ai vu... Bien que ça ne m'ait pas surpris. C'est toujours comme ça. Il n'y a que toi et Lil. Toujours.

— Qu'est-ce que tu insinues ? Es-tu en train de dire que nous sommes des lesbiennes ?

— Non, je n'insinue rien. Et quelle différence si vous l'étiez ?

— Je ne comprends tout simplement pas.

— Visiblement, le sexe ne compte pas tant que ça. Nous avons, je crois, des relations sexuelles plus que normales, mais ce n'est pas avec moi que tu es en couple.

Toujours assise, Roz se tordait les mains, accablée par l'émotion, les larmes aux yeux.

— Et c'est pourquoi je désire que tu montes avec moi dans le Nord.

— Tu es fou.

— Oh ! Je sais bien que tu ne voudras pas, mais tu pourrais au moins faire semblant d'y songer.

— Tu proposes que nous divorcions ?

— Non, même pas. Mais si je trouvais une femme pour qui je comptais avant tout, alors...

— Tu me le dirais ! s'écria-t-elle, laissant enfin couler ses larmes.

— Oh, Roz ! dit son mari. Ne crois pas que je n'aie pas de peine. Je t'aime, tu le sais. Tu me manqueras à la folie. Tu es mon pote. En plus, tu es la meilleure partenaire que j'aurai probablement jamais, je le sais. Mais j'ai l'impression d'être transparent ici. Je ne compte pas. C'est tout.

Et c'était maintenant à son tour de battre des paupières pour chasser ses larmes, puis de plaquer ses mains sur ses yeux. Il regagna la chambre, s'étendit sur le lit. Elle le rejoignit et ils se réconfortèrent l'un l'autre :

— Tu es dingue, Harold, tu le sais ? Je t'aime.

— Moi aussi je t'aime, Roz, ne crois pas que je ne t'aime pas.

Enfin Roz appela Lil pour lui demander de traverser la rue, et les deux femmes regardèrent le film d'un bout à l'autre, sans un mot.

— Voilà pourquoi Harold me quitte, expliqua Roz, qui lui avait décrit la situation dans ses grandes lignes.

— Je ne comprends pas, dit Lil à la fin, fronçant les sourcils sous l'effort.

Elle était tout ce qu'il y a de plus sérieuse. Roz aussi, mais elle avait un sourire rageur aux lèvres.

— Harold dit que ma véritable relation, je la vis avec toi, pas avec lui !

— Qu'est-ce qu'il veut, alors ?

— Il prétend que toi et moi nous lui donnons le sentiment d'être exclu.

— Lui se sent exclu ! C'est moi qui me suis toujours sentie… à l'écart. Pendant toutes ces années, je vous ai observés, toi et Harold, et j'ai regretté – par loyauté elle avait tenu sa langue jusque-là, mais à présent cela sortait enfin : … J'ai fait un mauvais mariage. Je ne m'amuse pas avec Theo. Je n'ai jamais… mais tu le savais. Alors que toi et Harold, vous étiez toujours si heureux… Je ne sais combien de fois je vous ai quittés tous les deux pour aller retrouver Theo en souhaitant…

— Je ne savais pas… je veux dire, je savais, bien sûr, que Theo n'était pas le mari idéal.

— Tu peux le dire.

— C'est toi qui devrais demander le divorce, me semble-t-il.

— Oh, non, non ! protesta Lil, écartant cette idée d'un geste nerveux. Non. Une fois, j'ai demandé à Ian en plaisantant, pour le tester, ce qu'il dirait si je divorçais et il a failli perdre les pédales. Il est resté longtemps silencieux, tu connais sa façon de s'enfermer dans le mutisme, puis il s'est mis à crier et à pleurer : « Tu ne peux pas, répétait-il. Tu ne peux pas, je ne te laisserai pas faire… »

— Alors notre pauvre Tom va se retrouver sans père, commenta Roz.

— Et c'est comme si Ian n'en avait pas, renchérit Lil.

Et puis, alors que le sujet semblait clos, elle lança :

— Roz, Harold t'a-t-il dit que nous étions des lesbiennes ?

— Presque… Enfin, non, pas exactement.

— C'était le sens de ses propos ?

— Je n'en sais rien. Je ne pense pas – cet effort d'introspection inhabituel, imposé, commençait à peser à Roz : Je ne comprends pas, je lui ai même dit : « Je ne comprends pas où tu veux en venir. »

— Bon, nous n'en sommes pas, si ? s'enquit Lil qui, apparemment, avait besoin de se l'entendre dire.

— Non, enfin, je ne crois pas, répondit Roz.

— Mais nous avons toujours été amies.

— Oui.

— Quand cela a-t-il commencé ? Je me rappelle notre première rentrée des classes.

— Oui.

— Mais avant ça ? Comment est-ce arrivé ?

— Je ne m'en souviens plus. Peut-être était-ce un coup de chance...

— Ça, tu peux le dire. La plus grande chance de ma vie, c'est toi.

— Oui. Mais cela ne nous avance guère... Quels salauds, les hommes ! s'exclama Roz, à qui la colère rendait soudain son énergie et sa vivacité.

— Quels salauds ! renchérit Lil avec conviction, pensant à son mari.

La conversation se termina sur cette note, de rigueur vu les circonstances.

Harold partit pour son université, qui était entourée, non par l'océan, les brises marines, les chansons et les légendes de la mer, mais par le sable, les broussailles et les épines. Roz lui rendit visite là-bas, puis y retourna pour monter *Oklahoma* – gros succès. Ils s'offrirent une bonne partie de jambes en l'air. Elle lui dit : « Je ne vois pas de quoi tu te plains », et il répondit : « Tiens, non, tu ne vois pas, hein ? » Quand il descendit les voir, elle et les garçons – comme ils étaient toujours ensemble, on parlait toujours d'eux au pluriel –, rien ne semblait avoir changé. Ils sortaient toujours en famille, l'aimable Harold et l'exubérante Roz, un jeune couple à la mode – peut-être plus si jeune que cela – comme on les décrivait souvent dans les chroniques mondaines. Car leur union s'était peut-être vu notifier son congé, tous les deux n'en avaient pas moins l'air d'un couple. Pendant qu'ils plaisantaient – ils n'avaient jamais été à court de blagues –, ils étaient semblables à ces arbres dont le cœur est pourri, ou aux friches qui gagnent à partir du centre des villes, lequel disparaît à mesure que ses banlieues sortent de terre. Ce couple avait tant de mal à se séparer. Partout où ils allaient, Harold était salué par ses anciens élèves, et Roz par les gens qui avaient collaboré à telle ou telle de ses productions. Pour des centaines de personnes, ils étaient Harold et Roz. « Vous vous souvenez de moi, Roz, Harold ? » Elle se souvenait toujours d'eux et Harold reconnaissait ses anciens élèves. « Les Struthers se séparent ? Oh, allez ! je n'y crois pas. »

Passons maintenant à l'autre couple, lui aussi sous les feux de la rampe. Lil, toujours en train d'arbitrer des championnats de natation, d'autres courses ou événements sportifs, de décerner des récompenses, de faire des discours. Et puis son charmant mari, Theo, connu pour sa chaîne de magasins de vêtements et d'articles de sport. Deux personnages minces et séduisants, en vue comme leurs amis, l'autre couple, mais au style si différent. Rien d'excentrique ou d'exubérant chez eux : ils étaient aimables, souriants, disponibles, la quintessence des bons citoyens.

La rupture de Roz et Harold ne perturba pas Lil et Theo. Depuis des années leur mariage n'était qu'une façade. Theo collectionnait les petites amies et – il s'en plaignait assez – ne pouvait se coucher nulle part sans trouver une fille dans son lit : il voyageait beaucoup pour sa société.

Puis Theo trouva la mort dans un accident de la route, et Lil se retrouva veuve et riche, avec son fils Ian, le gamin difficile, si différent de Tom. Dans cette ville balnéaire, où le climat et le mode de vie exposent tant les êtres aux regards, il y avait deux femmes sans hommes et leurs deux petits garçons.

Un jeune couple avec ses enfants, c'est intéressant, un tournant, un moment de changement. Les jeunes parents, par définition des êtres sexuels avec, à la traîne ou courant dans leurs jambes, de ravissants rejetons, focalisent pour un temps les regards et attirent les commentaires. « Oh, quel adorable petit garçon ! Quelle belle petite fille ! Comment t'appelles-tu ? Quel joli nom ! » Et puis tout d'un coup – c'est du moins l'impression qu'on a – les parents, qui ne sont plus aussi jeunes, semblent perdre de leur stature, rapetisser même, il n'y a pas de doute, ils perdent de leur couleur et de leur éclat. « Quel âge a-t-il, disais-tu ? Elle doit avoir... » Les jeunes poussent comme des champignons et le glamour a changé ses quartiers. Ce sont les enfants que les regards suivent, plus leurs parents. « Ils grandissent si vite de nos jours, vous ne trouvez pas ? »

Ces deux femmes superbes, de nouveau réunies comme si les hommes n'étaient jamais entrés dans leur équation, allaient et venaient avec, à leurs côtés, les deux beaux adolescents : l'un plutôt délicat et poétique avec ses boucles décolorées qui lui retombaient sur le front, l'autre robuste et athlétique, inséparables comme l'avaient été leurs mères au même âge. Il y avait un père au tableau, Harold, monté dans le Nord, mais il s'était mis en ménage avec une jeune femme qui ne souffrait vraisemblablement pas des mêmes faiblesses que Roz. Il leur rendait visite, logeait dans la maison de Roz, mais pas dans la chambre conjugale – précaution qui frappait les deux anciens partenaires par son absurdité ; de son côté, Tom allait le voir à son université. Mais la réalité, c'étaient deux femmes ayant passé la trentaine et deux garçons qui n'étaient pas loin d'être des jeunes hommes. Les maisons, si proches, l'une en face de l'autre, semblaient appartenir à la fois aux deux familles. « Nous sommes une famille élargie », clamait Roz, qui n'était pas du genre à laisser une situation dans le flou.

La beauté des jeunes gens, bon, ce n'est pas si simple. Les filles, oui, pleines de leurs œufs appétissants, nos mères à tous, c'est normal qu'elles doivent être belles, et d'habitude elles le sont, ne serait-ce même qu'un an ou un seul jour. Mais les garçons, pourquoi ? À quelle fin ? Il y a un âge, un âge éphémère, vers seize, dix-sept ans, où ils ont une aura poétique. On dirait de jeunes dieux. Il arrive que leur famille ou leurs amis soient intimidés par ces êtres qui ont l'air de visiteurs venus d'une atmosphère plus pure. Ils n'en ont souvent pas conscience, se faisant davantage l'effet de paquets mal ficelés qu'ils essaient d'empêcher de se défaire.

Roz et Lil, qui se prélassaient sur la petite véranda dominant la mer, virent les deux garçons gravir le chemin, les sourcils légèrement froncés, balançant au bout de leurs bras leurs affaires de bain qu'ils mettraient à sécher sur le muret de la galerie. Ils étaient si beaux que les deux femmes s'assirent pour échanger un regard exprimant leur incrédulité.

— Mon Dieu ! souffla Roz.

— Oui, murmura Lil.

— C'est *nous* qui avons fait ça, c'est *nous* qui les avons faits, dit Roz.

— Si ce n'est pas nous, alors qui ? renchérit Lil.

Après s'être débarrassés de leurs maillots et de leurs serviettes, les garçons passèrent devant elles avec des sourires qui signifiaient qu'ils étaient occupés : ils n'entendaient pas qu'on les appelât pour manger, faire leur lit ou autre chose de si peu important.

— Mon Dieu ! répéta Roz. Attends, Lil…

Elle se leva et entra dans la maison, pendant que Lil attendait, souriant toute seule devant les façons mélodramatiques de son amie, comme cela lui arrivait souvent. Roz ressortit avec un livre à la main, un album de photos. Elle rapprocha son fauteuil de celui de Lil ; ensemble, elles tournèrent les pages montrant des bébés sur des plaids, des bébés au bain – elles-mêmes – puis leurs « premiers pas », leurs « premières dents » –, et arrivèrent à la photo qu'elles savaient guetter toutes les deux : celle de deux jeunes filles de seize ans environ.

— Mon Dieu ! souffla Roz.

— Nous n'étions pas trop mal nous non plus, approuva Lil.

De ravissantes jeunes filles, oui, absolument ravissantes, tout sucre tout miel. Mais si on prenait des photos d'Ian et de Tom maintenant, montreraient-elles vraiment leur séduction, qui vous coupe le souffle quand vous les voyez traverser une pièce ou sortir nonchalamment des vagues ?

Elles s'attardèrent sur les pages qui leur étaient consacrées dans cet album, celui de Roz ; celui de Lil n'eût guère été différent. Des photos de Roz avec Lil. Deux jolies jeunes filles.

Mais elles ne trouvèrent pas ce qu'elles cherchaient. Non, nulle part elles ne trouvaient l'éclat surnaturel qui illuminait leurs fils en ce moment.

Et elles étaient toujours assises là, l'album ouvert sur leurs jambes brunes allongées côte à côte – elles étaient en bikini – quand les garçons sortirent de la maison, des verres de jus de fruits à la main.

Ils s'installèrent sur le muret de la véranda et contemplèrent leurs mères, Roz et Lil.

— Que font-elles ? demanda sérieusement Ian à Tom.

— Mais que font-elles ? répéta solennellement Tom, blaguant comme toujours.

D'un bond il se releva, jeta un coup d'œil sur la page ouverte, moitié sur les genoux de Roz moitié sur ceux de Lil, et reprit sa place.

— Elles admirent leur beauté quand elles étaient des nymphettes. N'est-ce pas, maman ? lança-t-il à Roz.

— C'est vrai, avoua Roz. *Tempus fugit.* Il fuit, il coule comme toute chose. Vous n'en avez pas idée, pas encore. Nous avions envie de voir à quoi nous ressemblions voilà toutes ces années.

— Pas tant d'années que cela, protesta Lil.

— Inutile de les compter ! s'exclama Roz. Elles sont assez nombreuses.

À ce moment-là, Ian s'empara de l'album posé sur les cuisses des femmes et, toujours sur leur muret, lui et Tom observèrent les jeunes filles, leurs mères.

— Elles n'étaient pas mal, dit Tom à Ian.

— Pas mal du tout, répondit Ian à Tom.

Les deux femmes échangèrent un sourire qui tenait de la grimace.

— Mais vous êtes mieux maintenant, ajouta Ian en rougissant.

— Oh ! tu es charmant, dit Roz, acceptant le compliment.

— Je ne sais pas, dit le clown Tom, feignant de comparer les vieilles photos avec les deux femmes assises là en bikini. Je ne sais pas. Aujourd'hui… – et de plisser les yeux pour mieux les examiner. Et hier.

Il se pencha pour regarder les photos avec des yeux ronds.

— Plutôt maintenant, décida-t-il. Oui, vous êtes mieux maintenant.

À ces mots, les deux garçons se mirent à lutter au corps à corps, à se bousculer, comme ils le faisaient encore souvent en grands gamins qu'ils étaient, même si ce que les autres voyaient, c'étaient de jeunes dieux qui ne pouvaient esquisser un pas ni un geste qui ne fût tiré d'un vase archaïque ou d'une danse antique.

— À nos mères, fit Tom en leur portant un toast avec son jus d'orange.

— À nos mères, répéta Ian, lançant ouvertement à Roz un sourire qui la fit s'agiter dans son fauteuil et croiser les jambes.

Roz avait déjà dit à Lil qu'Ian avait le béguin pour elle, Roz, et Lil lui avait répondu :

— Bon, ce n'est pas grave, il surmontera ça.

Ce qu'Ian ne surmontait pas, n'avait même pas commencé à surmonter, c'était la mort de son père, qui remontait à deux ans déjà. Du moment où il n'avait plus eu de père, il avait commencé à dépérir, était devenu plus frêle, presque transparent, si bien que sa mère se plaignait :

— Mange, Ian, avale quelque chose, il le faut.

— Oh ! Laisse-moi tranquille.

Tout allait bien en revanche pour Tom : il avait un père, qui faisait parfois des apparitions et qu'il montait voir dans son université enclavée dans les terres. Mais Ian, lui, n'avait rien, pas même le réconfort des souvenirs. À la place qu'aurait dû occuper son père, peu satisfaisant comme il l'avait été avec ses affaires et ses fréquentes absences, il n'y avait rien, un blanc. Ian tâchait de se montrer courageux ; il faisait des cauchemars, et les deux femmes avaient le cœur serré pour lui.

Il avait encore l'habitude, tout grand gars qu'il était, d'aller, les yeux gonflés de pleurs, vers sa mère assise sur un canapé, et de s'écrouler à son côté, et elle le prenait alors dans ses bras. Ou bien il se réfugiait chez Roz, qui le serrait contre elle.

— Mon pauvre Ian !

Tom observait son ami avec gravité, acceptant ce chagrin qui n'était pas le sien, mais dont la présence lui était si proche en son ami, son frère d'adoption, Ian. « Ils sont comme des frères, disait-on. Ces deux-là pourraient être frères. » Pourtant, l'un était victime d'une calamité qui le rongeait, tel un cancer, tandis que l'autre essayait en vain d'imaginer ce qu'était le poids du chagrin.

Un soir, Roz se leva pour aller chercher à boire dans le frigo. Ian était là et passait la nuit chez Tom, comme souvent. Il dormait sur le deuxième lit de la chambre de son ami, ou dans celle de Harold, où il se trouvait ce soir-là. Roz l'entendit pleurer ; sans hésiter, elle entra pour le serrer dans ses bras, le cajola comme un petit garçon, comme elle l'avait fait depuis qu'il était né, somme toute. Il s'endormit contre elle et, le lendemain matin, les regards qu'il lui jeta étaient exigeants, affamés, douloureux. Roz gardait le silence, méditant les événements de la nuit. Elle ne raconta pas à Lil ce qui s'était passé. Mais que s'était-il passé ? Rien qui ne fût déjà arrivé une centaine de fois. C'était pourtant bizarre. Elle ne voulait pas l'inquiéter ! Vraiment ? Alors que cela ne l'avait jamais gênée de tout dire à Lil ?

Tom étant allé pour plusieurs nuits en face, chez Ian, dans la maison de Lil, Roz profita de ce qu'elle était seule pour téléphoner à Harold, avec qui elle eut une conversation presque conjugale.

— Comment va Tom ?

— Oh, bien ! Tom va toujours bien. Mais Ian n'a pas la forme. Il n'arrive vraiment pas à surmonter la mort de Theo.

— Pauvre gosse ! Ça lui passera.

— Il prend son temps alors. Écoute, Harold, la prochaine fois que tu viendras, tu pourrais peut-être sortir seul avec Ian ?

— Et Tom ?

— Tom comprendra. Je sais qu'il s'inquiète pour Ian.

— D'accord. Je le ferai, compte sur moi.

Harold vint les voir et entraîna Ian dans une longue promenade au bord de la mer. Et Ian se confia à Harold, qu'il connaissait depuis sa naissance et en qui il voyait un second père.

— Il est très malheureux, rapporta Harold à Roz et à Lil.

— Je le sais, dit Lil.

— Il se voit comme un nul, un raté.

Les adultes considérèrent cet état de fait, comme si c'était quelque chose du domaine du visible.

— Mais comment peut-on être un raté à dix-sept ans ? s'écria Lil.

— On a eu ce sentiment, nous ? s'interrogea Roz.

— Je sais que moi, oui, répondit Harold. Ne vous inquiétez pas.

Et il retourna dans son université du désert. Il songeait à se remarier.

— D'accord, dit Roz. Si tu veux le divorce…

— Eh bien, j'imagine qu'elle voudra des enfants, admit Harold.

— Tu n'en es pas sûr ?

— Elle a vingt-cinq ans, avoua Harold. Faut-il que je lui pose la question ?

— Ah ! s'exclama Roz, qui voyait le tableau. Tu ne veux pas lui fourrer cette idée dans la tête ?

Elle se moquait de lui.

— Je pense que non.

Puis Ian revint passer la nuit chez Tom. Ou plutôt il se trouva là à l'heure d'aller au lit. Il disparut dans la chambre de Harold, glissant un bref coup d'œil à Roz, qui espéra que son manège avait échappé à Tom.

Elle se réveilla en pleine nuit. Sur le point d'aller chercher quelque chose à boire dans le frigo, ou simplement de déambuler à travers la maison dans le noir comme c'était souvent son habitude, elle se l'interdit, de crainte d'entendre Ian pleurer, de crainte de ne pouvoir s'empêcher de s'occuper de lui. Mais elle découvrit alors qu'il était entré dans sa chambre à tâtons dans l'obscurité et que, couché à son côté, il se cramponnait à elle comme à une bouée de sauvetage dans la tempête. Et elle se surprit même à se représenter ces sept rochers noirs pareils à des dents cariées, dehors, dans la nuit noire, les vagues qui ruisselaient et se fracassaient sur eux en de blanches cascades d'écume.

Le lendemain matin, Roz était installée à la table de la pièce qui donnait sur la véranda, ouverte à l'air marin, au clapotis et au doux bercement des flots. Tom, qui était tombé du lit, entra en trébuchant, portant encore sur lui l'odeur d'un sommeil juvénile.

— Où est Ian ? demanda-t-il.

En temps normal, il n'aurait pas posé la question ; les deux garçons étaient capables de dormir jusqu'à midi.

Roz continua de remuer son café et lâcha sans le regarder :

— Dans mon lit.

En temps normal, cette réponse n'eût guère suscité beaucoup d'attention, étant donné que les manières libres de cette famille élargie pouvaient arranger les mères comme les garçons : ils s'étendaient pour se reposer ou bavarder, les femmes entre elles, ou l'un ou l'autre des garçons avec l'une ou l'autre des femmes, ou bien les deux garçons ensemble, et même, quand il était de passage, Harold avec n'importe lequel d'entre eux.

Tom la regardait fixement par-dessus son assiette encore vide.

Roz soutint son regard, et celui qu'elle lui rendit ressemblait fort à un acquiescement.

— Seigneur ! siffla Tom.

— Exactement, dit Roz.

Et alors, ignorant son assiette et son futur jus d'orange, Tom se leva brusquement, attrapa son maillot de bain sur le muret de la galerie et descendit à toutes jambes jusqu'à la mer. D'habitude, il aurait crié à Ian de venir.

Tom demeura invisible toute la journée. C'étaient les vacances scolaires et, apparemment, il s'était lancé dans une activité de loisir, généralement objet de son mépris.

Lil s'était absentée pour arbitrer une quelconque compétition sportive et ne revint que le soir.

— Roz, je suis crevée, dit-elle en entrant chez son amie. Y a-t-il quelque chose à manger ?

Bien qu'attablé en face de Roz, Ian ne la regardait pas. Tom avait une assiette pleine devant lui. Il se mit alors à parler à Lil comme s'ils étaient seuls. Elle s'en aperçut à peine, elle était si lasse, mais les deux autres le remarquèrent. Et il continua jusqu'au moment où, à la fin du repas, Lil dit qu'elle devait aller se coucher, qu'elle était épuisée. Puis Tom se leva tout simplement et la suivit dans l'obscurité.

Le lendemain matin, assez tard pour eux tous, Tom retraversa la rue et trouva Roz à table, dans son habituelle attitude désinvolte, son paréo flottant autour du corps. Sans s'arrêter à elle, il promena ses yeux à la ronde, embrassa du regard la pièce, le plafond, dans un délire de bonheur et d'accomplissement. Roz n'eut pas à s'interroger sur ses dispositions, elle les connaissait, parce qu'Ian l'avait enveloppée toute la nuit d'une aura semblable.

À présent Tom déambulait dans la pièce, frappant au passage un bras de fauteuil, la table, un mur, avant de revenir flanquer un coup de poing à la chaise voisine de celle de Roz. On aurait dit un écolier incapable de refréner son exubérance. Mais ensuite il s'immobilisa pour fixer le vide devant lui, songeur, les sourcils froncés, soudain adulte. Puis il pivota sur ses talons et se retrouva près de sa mère, un vrai potache, le ricanement incarné, le regard mauvais. Nouvelle agitation – il n'était pas sûr de lui, ni de sa mère, qui devint tour à tour écarlate puis blême, se leva et le gifla avec une force délibérée, une fois, deux fois.

— Je te défends, murmura-t-elle, tremblant de rage. Comment oses-tu…

À demi accroupi, les mains sur la tête pour se protéger, il risqua un coup d'œil interrogateur dans sa direction, le visage contracté par ce qui aurait pu être une pleurnicherie de collégien, mais il se ressaisit enfin, se redressa et lui dit bien en face : « Excuse-moi. » Même si ni lui ni elle n'eussent su dire exactement ce dont il s'excusait ni ce qu'elle lui interdisait. De laisser les mots ou sa physionomie exprimer ce qu'il avait appris sur les femmes cette nuit-là avec Lil ?

Il s'assit, enfouit son visage dans ses mains, puis se releva d'un bond, prit ses affaires de plage et descendit se jeter dans le miroir bleu de la mer bordé en face par les maisons multicolores du long bras de terre qui fermait la baie.

Tom n'entra pas dans la maison de sa mère ce jour-là, mais fit un détour pour revenir chez Lil. Ian dormit tard, ce qui n'avait rien de nouveau. Lui aussi eut du mal à soutenir son regard, mais elle savait que c'était de la voir elle si terriblement familière, si terriblement et si soudainement offerte qui lui était difficile. C'était trop à la fois. Il agrippa donc son paquet d'affaires de bain et disparut. Il ne rentra qu'à la nuit. Elle avait réglé de menues corvées, passé des coups de fil de routine, cuisiné, avant de se poster discrètement pour épier la maison d'en face, qui ne montrait aucun signe de vie. Et puis, quand Ian fut de retour, elle prépara à dîner pour eux deux et ils regagnèrent leur lit, fermant à clé les portes de devant et de derrière, ce à quoi ils ne pensaient pas toujours.

Une semaine s'écoula.

Roz était assise à table, seule avec sa tasse de thé, quand on frappa. Elle savait qu'elle ne pouvait pas faire semblant de l'ignorer, même si elle eût préféré prolonger le rêve, l'enchantement qui s'était emparé d'elle d'une manière si inespérée. Elle avait enfilé une chemise sur un jean, aussi avait-elle au moins une allure décente. En allant ouvrir, elle se trouva face au visage amical et curieux de Saul Butler, un voisin agréable qui habitait à quelques portes de chez Lil. Il était là parce qu'il s'était entiché de Lil et désirait l'épouser.

Après qu'il se fut assis et eut accepté un thé, elle attendit la suite.

— On ne vous a pas beaucoup vus ces derniers jours, et personne ne répond chez Lil.

— Voyons, ce sont les vacances scolaires.

Or, en temps normal, elle et les garçons, Lil et les garçons, auraient passé leur temps à entrer et sortir. Quand ils étaient attablés tous ensemble, les gens qui passaient dans la rue leur adressaient souvent des signes de la main.

— Ce garçon, Ian, il a besoin d'un père, la défia-t-il.

— Oui, c'est vrai, approuva-t-elle aussitôt.

La semaine précédente, elle avait justement compris à quel point ce besoin était fort chez Ian.

— Je suis sûr d'être un bon père pour Ian... autant qu'il m'y autoriserait.

Saul Butler était un homme bien établi d'une cinquantaine d'années, qui ne paraissait pas son âge. Il gérait une chaîne de magasins de fournitures d'arts plastiques, peintures, toiles, cadres, ce genre de choses, et il connaissait Lil pour avoir travaillé avec elle dans les associations professionnelles de la ville. Roz et Lil étaient tombées d'accord pour dire qu'il aurait fait un bon mari si l'une ou l'autre en avait cherché un.

— Ne devriez-vous pas plutôt le dire à Lil ? dit-elle comme elle l'avait déjà fait auparavant.

— Mais je n'arrête pas ! Elle doit en avoir marre de moi... de mes prétentions.

— Et vous aimeriez que je soutienne... vos prétentions ?

— C'est à peu près ça. Je suis un bon parti, je pense, répondit-il avec un sourire, se moquant lui-même de sa fanfaronnade.

— Je pense aussi que vous seriez un bon parti, acquiesça Roz dans un rire, prenant plaisir à flirter, s'il ne fallait pas avoir peur des mots.

Une semaine d'étreintes amoureuses, et elle tombait dans le flirt comme dans un lit.

— Mais cela ne vous avance à rien, n'est-ce pas ? C'est Lil que vous voulez.

— Oui, j'ai des vues sur Lil depuis... longtemps – cela signifiait avant que sa femme ne l'eût quitté pour un autre homme. Oui, mais elle se moque de moi. Enfin, je me demande bien pourquoi. Je suis un type très sérieux. Et où sont les deux lascars ce matin ?

— En train de nager, j'imagine.

— Je suis passé juste pour m'assurer que vous alliez tous bien.

Il se leva de table, finit son thé debout et reprit :

— À tout à l'heure sur la plage.

Quand il fut reparti, Roz téléphona à Lil :

— Nous devons nous montrer un peu plus en public. Saul est passé.

— Tu as probablement raison, dit Lil d'une voix sourde, basse.

— Nous devrions aller à la plage tous les quatre.

Une matinée brûlante. La mer scintillait. Le ciel brillait d'un éclat qui fatiguait les yeux sans la protection de lunettes noires. Des paréos noués sur leurs bikinis, Lil et Roz, tartinées de crème solaire, se frayèrent un chemin jusqu'au sable derrière les garçons. C'était une plage fréquentée, mais à cette heure-ci, un jour de semaine, il n'y avait pas grand monde. Bien que fanés et exposés aux intempéries, les deux fauteuils de camping rangés contre la clôture de Roz tenaient encore le coup ; les femmes s'y installèrent. Les garçons s'étaient déjà précipités à l'eau. Tom avait à peine salué sa mère ; le regard d'Ian glissa sur Lil avant de se fixer ailleurs.

On pouvait s'amuser dans les vagues, mais ici, dans la baie, elles n'étaient jamais assez fortes pour le surf, qui se pratiquait au large, au-delà des Dents. Durant toute leur enfance, les garçons avaient joué en sécurité sur cette plage ; à présent ils la considéraient juste assez bonne pour la baignade, mais pour les choses sérieuses ils fréquentaient les rivages dangereux des surfeurs. Tous les deux nageaient bien séparés, s'ignorant mutuellement ; quant aux femmes, les yeux cachés derrière leurs lunettes noires, elles n'avaient ni l'envie ni même la force de parler.

Elles aperçurent tout au loin une tête pareille à celle d'un phoque, puis reconnurent Saul ; celui-ci sortit de l'eau en leur faisant des signes de la main, mais grimpa à travers les buissons marins et, dépassant les maisons, rejoignit la rue.

Les garçons nageaient toujours. En atteignant le banc de sable, ils se relevèrent et se firent face. Ils se mirent à lutter. Ils se battaient ainsi depuis toujours, à la manière des garçons, mais il fut vite évident que ce combat n'avait plus rien d'enfantin. Ils avaient de l'eau jusqu'à la taille. Les vagues se brisaient sur eux, les éclaboussaient d'écume et se retiraient. L'instant d'après, Ian avait disparu ; Tom le maintenait sous l'eau. Une vague arrivait, encore une autre, et Lil sursauta de frayeur.

— Oh, mon Dieu ! il va tuer Ian. Tom va tuer Ian...

Ian reparut, pantelant, agrippé aux épaules de Tom. Il coula de nouveau.

— Tais-toi, Lil, dit Roz. Nous ne devons pas intervenir.

— Il va tuer... Tom veut tuer...

Puis Ian était resté longtemps sous l'eau, sûrement une minute, peut-être plus...

Tom poussa soudain un grand cri et lâcha Ian, qui remonta à la surface. Il tenait à peine debout, tomba, se releva et regarda Tom enjamber les vagues pour regagner la plage. Lorsque celui-ci posait le pied sur le sable, du sang coulait de son mollet. Ian l'avait mordu sous l'eau, et la plaie était vilaine. Ian, toujours debout dans l'eau, vacillait, suffoquait, haletant.

Après un combat intérieur, Roz courut dans les vagues pour aider Ian à revenir. Le garçon, livide, régurgita de l'eau de mer, mais il se dégagea des mains de Roz et alla s'asseoir tout seul sur le sable, la tête sur les genoux. Roz reprit sa place.

— C'est notre faute, chuchota Lil.

— Arrête, Lil. Ça ne nous aidera pas.

Tom se tenait en équilibre sur une jambe pour examiner son mollet, qui saignait abondamment. Il retourna au bord de l'eau et rinça la morsure. Il revint, alla chercher sa serviette de bain, la déchira en deux et noua une des moitiés autour de sa jambe. Puis il resta planté là, hésitant. Il aurait pu remonter chez lui et, de là, se réfugier chez Lil. Il aurait pu aussi rester dans sa propre maison, marquant ainsi son territoire. Il aurait pu encore s'affaler là où il était, près de la clôture, non loin des femmes. Au lieu de quoi il se retourna et regarda Ian fixement, avec curiosité, semblait-il. Puis il boitilla jusqu'à l'endroit où Ian était assis, la tête sur les genoux, et se laissa tomber à côté de lui. Personne ne disait mot.

Les femmes contemplaient ces deux jeunes héros, leurs fils, leurs amants, ces beaux jeunes gens aux corps luisant d'eau de mer et d'huile solaire, semblables à des lutteurs de l'Antiquité.

— Qu'allons-nous faire ? chuchota Lil.

— Moi, je sais ce que je vais faire, répondit Roz en se levant. C'est l'heure du déjeuner ! cria-t-elle, exactement comme elle le faisait depuis des années.

Et, docilement, les garçons se levèrent et suivirent les femmes dans la maison de Roz.

— Tu devrais mettre un pansement, dit Roz à son fils.

Ce fut Ian qui alla chercher la boîte de compresses et de sparadrap et qui désinfecta la plaie puis la pansa.

La table offrait l'habituel assortiment de saucissons, de fromages et de jambon avec du pain, et une grande coupe de fruits ; tous les quatre s'assirent et mangèrent. Sans un mot. Et puis Roz prit la parole, calmement, posément.

— Nous devons nous conduire tous normalement. Rappelez-vous, tout doit être comme d'habitude, comme cela a toujours été.

Les garçons se regardèrent, apparemment en quête d'informations. Ils se tournèrent ensuite vers Lil, puis vers Roz, le sourcil froncé. Lil souriait, mais à peine. Roz coupa une pomme en quatre, offrit un quartier à chacun d'entre eux et mordit avec délice dans le sien.

— Très, très drôle, grinça Ian.

— Et comment ! répliqua Roz.

Ian se leva de table, tenant dans une main un gros sandwich bourré de salade, dans l'autre le quartier de pomme, et disparut dans la chambre de Roz.

— Bon, fit Lil, avec un rire teinté d'amertume.

— Exactement, renchérit Roz.

Tom se leva à son tour, sortit de la maison et traversa la rue pour aller chez Lil.

— Qu'allons-nous faire ? demanda Lil à son amie, comme si elle attendait une réponse immédiate.

— J'ai l'impression que nous le faisons déjà, répondit Roz.

Elle suivit Ian dans sa chambre.

Lil ramassa la trousse de secours et traversa pour rentrer chez elle. En chemin, elle salua de la main Saul Butler, qui se trouvait sous sa véranda.

Les cours reprirent. Les garçons étaient en terminale. Tous deux étaient délégués de classe et admirés de leurs camarades. Lil s'en allait souvent par monts et par vaux pour arbitrer, décerner des récompenses, prononcer des discours. Une figure connue, cette femme grande et mince, réservée, avec ses élégants tailleurs de lin clair, ses cheveux blonds lisses et bien coiffés. Elle était réputée pour son gentil sourire, son ouverture, sa chaleur humaine. Des filles autant que des garçons avaient le béguin pour elle et la phrase « Je sais que vous me comprendrez » revenait souvent dans les lettres qu'ils lui écrivaient. Roz, de son côté, supervisait la mise en scène de comédies musicales dans deux établissements scolaires, et travaillait sur une pièce, une farce sur le sexe. Une femme magnétique, tapageuse, qui clamait que sa morsure était bien pire que ses aboiements : « Alors attention ! Ne m'énervez pas ! » Tous les quatre allaient et venaient, ensemble ou séparément, en apparence rien n'avait changé ; ils prenaient leurs repas avec les fenêtres ouvertes sur la rue, ils se baignaient ; les femmes étaient parfois toutes seules sur la plage parce que les garçons les laissaient pour aller surfer.

Mais ils avaient changé tous les deux, Ian plus encore que Tom. Lui qui avait été peu sûr de lui, timide et gauche, se montrait désormais plus assuré, adulte. Roz, qui n'avait pas oublié le gamin angoissé qui était venu pour la première fois la rejoindre dans son lit, était secrètement fière – elle ne pouvait toutefois en souffler mot à personne, bien sûr, pas même à Lil. Elle en avait fait un homme très bien. Il suffisait de le regarder : à l'heure actuelle il ne se cramponnait plus aux autres, il ne les collait plus en pleurant sur sa solitude et la disparition de son père. Il se montrait tranquillement possessif avec elle, ce qui l'amusait… elle adorait ça. Tom, qui n'avait jamais souffert de timidité ni douté de lui, était devenu un jeune robuste et sérieux ; il prenait vis-à-vis de Lil des airs protecteurs que Roz ne lui avait jamais vus. Ils n'étaient plus des gamins, mais des jeunes gens, séduisants qui plus est. Aussi les filles leur couraient-elles après, cependant les maisons de Lil et de Roz étaient toutes les deux, plaisantaient-ils, comme des forteresses érigées contre de délicieuses et sensuelles jeunes femmes. À l'intérieur de ces maisons, ouvertes au soleil, aux vents marins, à la rumeur de la mer, il y avait des pièces où nul ne pénétrait, hormis Ian et Roz, Tom et Lil.

Lil confia à Roz qu'elle était si heureuse que cela l'effrayait.

— Comment est-il possible qu'il puisse exister quelque chose d'aussi magnifique ? chuchotait-elle, de peur d'être entendue…

Mais par qui ? Il n'y avait personne à proximité. Ce qu'elle voulait dire, c'était – et Roz le savait bien – qu'un bonheur aussi intense devait forcément entraîner son châtiment. Haussant la voix et prenant un ton blagueur, Roz répondit que c'était un amour qui n'osait pas dire son nom et fredonna : « *I love you, yes I do, I love you, it's a sin to tell a lie*[1]… »

— Oh, Roz ! reprit Lil, parfois j'ai tellement peur !

— C'est absurde, la rabroua Roz. Ne t'inquiète pas. Ils ne tarderont pas à se lasser des vieilles et à courir après des filles de leur âge.

---

1. « Je t'aime, oui je t'aime, je t'aime, c'est un péché de mentir… » Morceau de Fats Waller (1935).

Le temps passait.

Ian entra à la fac pour s'initier au commerce, à la finance et à l'informatique, tout en travaillant dans la chaîne d'articles de sport pour aider Lil : il prendrait bientôt la place de son père. Tom, lui, décida de s'orienter vers la gestion de spectacles. La meilleure formation de tout le pays était donnée dans l'université où enseignait son père, il paraissait donc évident que c'était là-bas qu'il devait s'inscrire. Harold écrivit et téléphona pour lui assurer que la place ne manquait pas dans la maison qu'il partageait désormais avec sa nouvelle femme et leur petite fille. Harold et Roz avaient divorcé sans rancœur. Mais Tom répondit qu'il ne voulait pas bouger, que cette ville était la sienne, qu'il n'avait aucune envie d'aller dans le Nord. Il y avait aussi un assez bon cursus sur place ; d'ailleurs, observer sa mère était déjà un enseignement. Harold fit même le déplacement pour discuter avec son fils ; il avait l'intention de dire à Tom que son refus de quitter le nid était signe qu'il devenait une vraie chochotte. Mais quand il se retrouva réellement face à ce jeune homme décidé et maître de lui, très mûr pour son âge, il ne put exprimer ce reproche manifestement injuste. Pendant le séjour de Harold, Ian dut rester chez lui, et Tom aussi se cantonna dans sa maison. Cette situation ne plaisait guère au quatuor. Harold avait conscience que tous attendaient son départ, que sa présence n'était pas souhaitée. Il était mal à l'aise, gêné, et dit à Roz que les deux garçons étaient quand même trop grands pour être aussi souvent avec leurs mères.

— Voyons, nous ne les tenons pas en laisse, protesta Roz. Ils sont libres d'aller et venir.

— Peut-être, je ne sais pas, dit à la fin Harold, vaincu.

Et il retourna auprès de sa nouvelle petite famille.

Tom s'inscrivit en gestion de théâtre, régie, éclairage scénique, conception de costumes et histoire du théâtre. Les études duraient trois ans.

— Nous travaillons tous comme des forçats, dit Roz à Harold au téléphone, haussant le ton. Je ne vois pas de quoi tu te plains !

— Tu devrais te remarier, tenta l'ex-mari de Roz.

— Enfin, si tu n'as pas pu me supporter, qui le pourrait alors ? demanda Roz.

— Oh, Roz ! Je suis juste un peu vieux jeu. Et tu dois reconnaître que tu ne faisais pas exactement l'affaire.

— Écoute, tu m'as laissée tomber. Tu t'es trouvé la femme idéale. Maintenant fiche-moi la paix. Sors de ma vie, Harold.

— J'espère que tu ne penses pas ce que tu dis, Roz.

Pendant ce temps, Saul Butler courtisait Lil.

Cela devint un jeu pour eux tous, Saul compris. Chaque fois qu'il voyait Lil entrer chez Roz, il déboulait aussitôt avec des fleurs et des bonbons, des revues, une affiche, et criait : « Voici l'amoureux transi ! » Les femmes tournaient toute l'affaire à la blague, Roz prétendant même parfois que les fleurs lui étaient destinées. Saul rendait aussi visite à Lil dans sa maison, repartant vite si Tom ou Ian était là.

— Non, répétait Lil. Pardonne-moi, Saul, je ne me vois tout simplement pas me remarier.

— Mais les années passent, Lil. Tu ne rajeunis pas. Et voici ton amoureux transi ! Un jour, tu le remercieras.

Ou bien il disait à Roz :

— Lil sera bien contente d'avoir un homme à la maison, un de ces quatre.

Une fois où les garçons, ou les jeunes gens, se préparaient à aller sur la côte sauvage pour faire du surf, Saul débarqua avec des fleurs pour les deux femmes.

— Allez, vous deux, asseyez-vous, dit-il.

Les deux amies s'assirent, souriantes, et attendirent la suite. Sur la véranda surplombant la mer, les garçons rassemblaient planches de surf, serviettes, lunettes de natation.

— Salut, Saul ! lança Tom.

Long silence avant le « Salut, Saul ! » d'Ian. Ce qui signifiait sans doute que Tom avait été obligé de lui donner un coup de coude.

Ian n'aimait pas Saul, il le craignait même. Il avait dit à Roz :

— Il veut éloigner Lil de nous.

— Tu veux dire de toi.

— Oui. Et il veut m'avoir aussi. Un fils tout prêt. Pourquoi ne fait-il pas des enfants lui-même ?

— Moi qui croyais te tenir, avait riposté Roz.

À ces mots, Ian lui avait sauté dessus, montrant ainsi qui tenait qui.

— Charmeur ! s'écria Roz.

— Et Saul peut aller se faire foutre ! avait répondu Ian.

Saul attendit que les deux jeunes fussent descendus jusqu'au sentier menant à la mer.

— Maintenant, écoutez-moi, reprit-il. Je veux vous l'annoncer à toutes les deux. Je voudrais me remarier. En ce qui me concerne, c'est toi l'élue, Lil. Mais la décision t'appartient.

— Ce n'est pas une bonne idée, intervint Roz, Lil se bornant à lever les épaules. Nous voyons bien l'intérêt de la chose. Tu es pour ainsi dire l'aubaine dont rêve toute femme.

— Voilà que tu parles encore pour Lil !

— Elle a souvent assez parlé pour elle-même.

— Mais vous seriez mieux l'une et l'autre avec un mec, objecta-t-il. Toutes les deux, sans hommes, et les deux lascars. C'est trop beau pour être vrai.

Choc momentané. Qu'est-ce qu'il racontait ? ou sous-entendait ?

Mais il poursuivit :

— Vous êtes deux belles plantes, affirma ce prétendant chevaleresque. Vous êtes toutes les deux si... – il parut alors se figer ; son expression montrait qu'il luttait contre l'émotion, une violente émotion, puis elle se durcit. Oh, bon Dieu ! marmonna-t-il en regardant fixement tour à tour Lil puis Roz. Bon Dieu ! répéta-t-il. Vous devez me prendre pour un fichu imbécile.

Sa voix était blanche ; l'onde de choc était profonde.

— Je suis un idiot, balbutia-t-il. Alors c'est ça !

— Comment ? dit Lil. De quoi parles-tu ?

Sa voix à elle était timide, à cause de ce qu'il pouvait sous-entendre. Roz lui flanqua un coup de pied sous la table. Lil se pencha même en avant pour se masser la cheville, sans quitter Saul des yeux.

— Quel imbécile ! continua-t-il. Vous avez dû bien rire à mes dépens, vous deux.

Il se leva et se rua dehors. C'est tout juste s'il réussit à traverser la rue pour rentrer chez lui.

— Oh, je vois ! s'exclama Lil.

Elle s'apprêtait à lui courir derrière, mais Roz mit encore son grain de sel :

— Arrête. C'est une bonne chose, tu ne vois pas ?

— Et maintenant le bruit va courir que nous sommes des lesbiennes, se plaignit Lil.

— Et alors ? Ce ne serait sans doute pas la première fois. Enfin, quand tu penses à ce que les gens peuvent raconter...

— Ça ne me plaît pas, insista Lil.

— Laisse dire. Plus les gens parlent, mieux c'est. Ça nous met à l'abri.

Quelque temps après ils allaient tous aux noces de Saul avec une belle jeune femme qui ressemblait à Lil.

Les deux fils étaient ravis. Mais les deux femmes se dirent :

— Aucune de nous deux ne retrouvera jamais un aussi bon parti que lui.

C'était tout Lil.

— Et qu'allons-nous devenir quand les garçons se lasseront des vieilles que nous sommes ?

— Je pleurerai toutes les larmes de mon corps, je dépérirai...

— Nous vieillirons élégamment, lança Lil.

— Je me battrai comme un diable jusqu'à la fin ! jura Roz.

Ce n'étaient pas encore de vieilles femmes, loin de là. Mais elles avaient plus de quarante ans. Les garçons, eux, n'étaient assurément plus des petits garçons, et le temps de leur beauté sauvage était passé. En voyant ces deux beaux jeunes gens, vigoureux, sûrs d'eux, qui eût pu alors penser qu'ils aimantaient autrefois les regards parce qu'ils inspiraient autant la timidité que la concupiscence et l'amour ? Quant aux deux femmes, se remémorant un jour que leurs rejetons avaient été pareils à de jeunes dieux, elles farfouillèrent dans de vieilles photos, sans rien retrouver de ce qu'elles savaient avoir existé, tout comme, en regardant de vieux instantanés d'elles, elles n'avaient vu que de jolies petites filles, rien de plus.

Ian aidait sa mère dans la gestion de leur chaîne de magasins d'articles de sport et était un citoyen déjà éminent et plein d'avenir. S'imposer dans le théâtre se révélait plus difficile : Tom gravissait toujours les échelons quand Ian était déjà près du sommet. Une expérience nouvelle pour Tom, qui avait toujours été premier et admiré d'Ian. Mais il persévérait, il travaillait. Et comme toujours il se montrait charmant avec Lil et partageait son lit aussi souvent que possible, malgré les horaires tardifs et erratiques du théâtre.

— Et voilà ! dit Lil à Roz. Ce n'est que le début. Il se fatigue de moi.

Mais Ian ne montrait aucun désir de renoncer à Roz, bien au contraire. Il était attentionné, exigeant, possessif. Et un jour, juste après leur étreinte, quand il la vit qui lissait la peau flasque de ses avant-bras, renversée sur ses oreillers, il poussa une plainte, la serra contre lui et s'écria :

— Allons, non, non, n'y pense même pas ! Je ne te laisserai pas vieillir.

— Voyons, protesta Roz. Ça finira forcément par arriver.

— Non – et il pleura, tout comme il l'avait fait quand il était encore un petit garçon abandonné et terrifié dans ses bras. Non, Roz, s'il te plaît, je t'aime.

— Alors je ne dois pas vieillir, c'est ça, Ian ? Je n'en ai pas le droit ? Fou, ce gamin est fou ! s'exclama alors Roz, s'adressant à des auditeurs invisibles, comme nous y sommes tous enclins quand le bon sens nous paraît faire la sourde oreille.

Une fois seule, elle ressentit un mal-être et, pour tout dire, de l'effroi. Ce qu'il exigeait d'elle était insensé. Il semblait vraiment refuser de penser qu'elle pouvait vieillir. Mais peut-être la folie est-elle un des grands rouages invisibles qui font tourner notre monde.

Entre-temps le père de Tom n'avait pas renoncé à son objectif, sauver son fils. Il n'y alla pas par quatre chemins.

— Je vais t'arracher des griffes de ces *femmes fatales*[1], lui dit-il au téléphone. Tu me rejoins ici et tu laisses ton paternel prendre les choses en main.

— Harold va m'arracher de tes griffes, lança Tom à sa mère, sur le chemin du lit de Lil. Tu as une mauvaise influence sur moi.

— C'est un peu tard, ironisa Roz.

Tom passa quinze jours dans la ville universitaire ; le soir, il n'avait que quelques pas à faire pour s'enfoncer dans l'étouffant maquis sablonneux, où des faucons tournoyaient, aux

1. Tous les mots ou expressions en italique et signalés par un astérisque sont en français dans le texte.

aguets. Il se familiarisa avec Molly, la remplaçante de Roz, sa demi-sœur, âgée de huit ans, et le nouveau bébé.

C'était une maison tumultueuse, centrée sur les enfants, mais Tom confia à Ian qu'il trouvait son atmosphère reposante.

— C'est sympa de pouvoir enfin te connaître, avait déclaré Molly.

— Et maintenant, avait ajouté Harold, n'attends plus si longtemps pour qu'on se revoie.

Tom n'attendit pas longtemps. On lui proposa de monter *West Side Story* au théâtre universitaire ; il accepta et demanda à loger dans la maison paternelle.

Comme toujours, les jeunes femmes s'agglutinaient autour de lui et ne le lâchaient plus.

— Ton père pense qu'il est temps que tu te maries, dit Molly.

— Oh ! vraiment ? répondit Tom. Je me marierai à mon heure.

Il approchait de la trentaine. Ses condisciples, des hommes de son âge, étaient déjà casés ou avaient des « compagnes ».

Il y avait bien une jeune fille qui lui plaisait, peut-être parce qu'elle était différente de Lil et Roz. C'était une petite brune au teint vif, assez jolie, qui flirtait avec lui sans rien exiger. Car, ici, loin de chez lui, de sa mère et de Lil, il comprit combien de contraintes et de liens le ligotaient là-bas. Il admirait sa mère, même si elle l'exaspérait, et il aimait Lil. Il ne s'imaginait pas coucher avec une autre. Mais elles le ligotaient, ah oui ! Ô combien ! Et même Ian, un frère dans la vie sinon de fait. « Là-bas » : c'est ainsi qu'il appelait sa ville, son chez-lui, qui était tellement liée à la mer qu'ici, en entendant le vent dans les broussailles, c'étaient toujours les vagues qu'il entendait. « Là-bas, je ne suis pas libre. »

Or, ici, il l'était. Il décida d'accepter de travailler sur un autre spectacle. Cela signifiait trois mois de plus ici. Il était déjà notoire que lui et Mary Lloyd formaient un couple, étaient « ensemble ». Face à cette description de ses relations avec Mary, Tom restait passif. Il ne confirmait ni n'infirmait, et se bornait à rire. Mais c'était Mary qui allait avec lui au cinéma ou qui était sa cavalière pour les dîners importants de son père.

— Ton choix aurait pu être bien pire, dit Harold à son fils.

— Mais je n'ai pas choisi, pour autant que je puisse en juger, répliqua Tom.

— C'est vrai ? Je ne pense pas qu'elle voie les choses comme ça.

Plus tard, Harold lança à Tom :

— Mary m'a demandé si tu étais homo.

— Gay ? dit Tom. Pas que je sache.

C'était l'heure du petit déjeuner : la famille était attablée, la fillette occupée à observer ce qui se passait comme font les petites filles, le bébé gazouillant gracieusement dans sa chaise haute. Un tableau idyllique. Une partie de Tom en avait le cœur serré, pour son avenir, pour lui-même. Son père voulait la simplicité de la vie de famille, il l'avait trouvée !

— Résultat des courses ? insista Harold. Il y a une fille qui t'attend au pays, c'est ça ?

— On peut dire ça comme ça, répondit Tom ! se servant calmement de ceci et de cela.

— Alors tu devrais lâcher Mary, déclara Harold.

— Oui, approuva Molly, au nom de son sexe. Ce n'est pas bien.

— Je ne savais pas qu'elle était attachée.

— Tom ! gronda Harold.

— Cela ne se fait pas, conclut la femme de son père.

Tom ne souffla mot.

Puis il se retrouva au lit avec Mary. Il n'avait couché qu'avec Lil, personne d'autre. Ce jeune corps frais et vigoureux était exquis, il l'aimait tout entier, et les mots de Mary : « J'ai vraiment cru que tu étais gay ! » lui procurèrent une tranquille satisfaction. De toute évidence, elle était agréablement surprise.

Et voilà ! Mary venait souvent passer la nuit avec Tom dans la maison de Harold et Molly, tout cela *en famille**, bien douillettement. Si on ne parlait pas mariage, c'était parce qu'on avait opté pour le tact. Et pour une autre raison, encore mal définie. Au lit, Mary s'était exclamée à la vue de la cicatrice sur le mollet de Tom :

— Mon Dieu ! Mais qu'est-ce que c'est ? Un chien ?

— Une morsure d'amour, avait-il répondu après réflexion.

— Qui a bien pu... ? – et Mary, par jeu, voulut presser sa bouche sur la morsure, mais à la place rencontra la jambe de Tom, puis Tom lui-même qui s'écarta d'elle.

— Ne fais pas ça ! – ce qui pouvait encore passer. Mais ensuite, d'une voix qu'elle ne lui connaissait pas ni n'aurait jamais imaginée : Ne t'avise plus jamais de refaire ça.

Elle écarquilla les yeux et se mit à pleurer. Il se leva simplement du lit et disparut dans la salle de bains. Il en ressortit tout habillé, sans lui jeter un regard.

Il y avait quelque chose, là... quelque chose de maléfique... un jardin secret où elle ne devait pas pénétrer. Voilà ce que Mary comprit. Elle se sentit si meurtrie par l'incident qu'elle faillit rompre avec Tom sur-le-champ.

Tom se dit qu'il pouvait aussi bien rentrer à la maison. Ce qu'il aimait dans son séjour ici, c'était sa liberté, et cet état délicieux s'était évanoui.

Cette ville le retenait prisonnier. Elle n'était pas grande, mais là n'était pas la question. Il aimait ce lieu, avec ses banlieues de bungalows qui rayonnaient autour d'un centre dédié à l'université et aux commerces et, tout autour, le désert de broussailles et d'arbustes. Il pouvait quitter le théâtre universitaire à pied après les répétitions et se retrouver en dix minutes au milieu des buissons épineux odoriférants avec, sous ses pieds, un gros sable jaune sur lequel les épines tombées avaient des reflets plus clairs en guise d'avertissement : « Attention, ne nous marchez pas dessus, nous pouvons transpercer les semelles les plus épaisses. »

La nuit, après une représentation ou une répétition, il avançait donc droit devant lui dans l'obscurité et s'arrêtait pour écouter les grillons ; au-dessus de lui, le firmament pur scintillait et jetait des feux multicolores. Quand il rentrait chez son père, Mary était peut-être en train de l'attendre.

— Où étais-tu passé ?

— Je suis allé faire un tour.

— Pourquoi ne me l'as-tu pas dit ? Moi aussi, j'aime marcher.

— J'ai un peu du loup solitaire, répondit Tom. Je suis le chat qui s'en va tout seul[1]. Alors si ce n'est pas ton genre, je suis désolé.

— Hé ! rétorqua Mary. Ne me rembarre pas comme ça !

— Bon, il vaut mieux que tu saches à quoi tu te prépares.

À ces mots, Harold et Molly avaient échangé un regard : c'était un engagement, non ? Et

1. Référence à *The cat that walked by himself*, « Le chat qui s'en va tout seul », Rudyard Kipling, *Histoires comme ça*, Gallimard, 1997.

Mary, entendant elle aussi une promesse dans ces mots, déclara :

— Par bonheur, j'aime les chats.

Mais elle pleurait en secret et était envahie de craintes.

Tom ne tenait pas en place, il était lunatique. Sans s'en rendre compte, il était très malheureux. Il n'avait jamais été malheureux de sa vie. Il ne reconnaissait pas les signes de la souffrance. Il y a bien des gens qui ne sont jamais malades. La bonne santé leur semble aller de soi ; qu'ils tombent malades, ils en sont si offensés, si humiliés et terrifiés, qu'ils peuvent même en mourir. Tom était ainsi, mais sur le plan affectif.

« Qu'est-ce que j'ai ? Qu'est-ce qui cloche chez moi ? geignait-il, se réveillant avec un poids énorme sur la poitrine. J'aimerais rester ici, dans mon lit, et tirer les couvertures par-dessus ma tête. »

Mais pourquoi ? Il n'y avait rien qui clochât chez lui.

Puis, un soir, planté sous les étoiles, se sentant assez triste pour hurler à la lune, il se dit : « Seigneur, je suis si malheureux ! Oui, voilà ce que j'ai. »

Il confia à Mary qu'il n'était pas bien. Mais quand elle lui montrait sa sollicitude, il lui disait : « Laisse-moi tranquille ! »

De la périphérie de la petite ville partaient des routes qui se transformaient vite en pistes, filant dans le désert vers des lieux recherchés par les étudiants pour leurs excursions et leurs pique-niques. Entre les chemins fréquentés, des sentes quasi invisibles se faufilaient au milieu des buissons odorants qui, le jour, étaient tapissés de papillons et, la nuit, dégageaient des ondes parfumées qui attiraient les chauves-souris. Tom s'engagea donc sur la route goudronnée, tourna pour prendre le chemin poussiéreux, abandonna celui-ci et trouva un vague sentier menant à une petite colline semée de rochers, dont l'un grand, tout plat, gardait la chaleur du soleil très avant dans la nuit. Tom s'allongea sur cette pierre brûlante et se laissa submerger par son malheur.

— Lil, murmurait-il, Lil.

Il comprit enfin que Lil lui manquait. Le problème était là. Pourquoi était-il surpris ? Pendant tout ce temps, il avait vaguement pensé qu'un jour il rencontrerait une fille de son âge et puis… Mais ç'avait été si vague. Lil avait toujours été dans sa vie. Il se retourna à plat ventre sur le rocher et respira la légère odeur métallique, les effluves de poussière chaude et les arômes végétaux exhalés par de petites plantes poussant dans les interstices. Il pensa au corps de Lil qui sentait toujours le sel, la mer. Comme l'une de ses créatures, elle ne faisait qu'entrer dans la mer et en sortir, se séchait souvent au soleil et puis retournait à l'eau. Se rappelant que dans son tout premier souvenir il léchait le sel sur les épaules de Lil, il se mordit l'avant-bras. C'était un jeu auquel ils jouaient toujours, le petit garçon et la plus vieille amie de sa mère. Depuis qu'il était né, le moindre centimètre de son corps avait été soumis aux mains fortes de Lil, et le corps de celle-ci lui était aussi familier que le sien. Il revit les tétons de Lil, à peine couverts par le haut du bikini, ainsi que la légère coulure de sable miroitant dans le sillon entre ses seins, et le scintillement des grains minuscules sur ses épaules.

— Je léchais le sel sur elle comme un animal une pierre à sel, murmura-t-il.

Quand il rentra, très tard, la maison était plongée dans le noir. Au lieu de se coucher, il s'assit pour écrire à Lil. Écrire des lettres n'avait jamais été son fort. Trouvant son écriture illisible, il se souvint qu'une vieille machine à écrire portative était cachée sous son lit ; il la sortit et se mit à taper, tâchant d'étouffer le cliquetis des touches en posant la machine sur une serviette de toilette. Mais Molly l'avait entendu et frappa à sa porte.

— Tu n'arrives pas à dormir ? le plaignit-elle.

Tom s'excusa et s'arrêta.

Le lendemain matin, il termina sa lettre, la posta et en rédigea une autre. Son père, cherchant à lire l'adresse, s'enquit :

— Tu n'écris pas à ta mère, alors ?

— Non, comme tu le vois, répondit Tom. « La vie de famille a ses inconvénients », songea-t-il.

Par la suite, il écrivit ses lettres à Lil de l'université et les posta lui-même.

Molly lui demanda ce qu'il avait. Il répondit qu'il ne se sentait pas à la hauteur et elle lui conseilla d'aller consulter un médecin. Mary l'interrogea à son tour.

— Ça va bien, lui assura-t-il.

Et il ne retournait toujours pas « là-bas », il restait sur place, ce qui signifiait qu'il restait avec Mary.

Il écrivait quotidiennement à Lil, répondait aux lettres ou plutôt aux mots qu'elle lui envoyait parfois, téléphonait à sa mère, se réfugiait dans le désert aussi souvent que possible et se disait qu'il finirait bien par se consoler. Ce n'était pas grave. Pendant ce temps, son cœur était une boule de solitude glacée, et il faisait de mauvais rêves.

— Écoute, l'interpella un jour Mary, si tu veux rompre, alors dis-le.

Il se retint de demander : « Rompre quoi ? » et marmonna à la place :

— Donne-moi un peu de temps.

Puis, sur une impulsion, ou peut-être parce qu'il aurait bientôt à décider s'il signait un nouveau contrat, il annonça à son père :

— Je pars.

— Et Mary ? l'interrogea Molly.

Il ne répondit pas. De retour au pays, en une heure il avait retrouvé la maison de Lil et son lit. Mais ce n'était plus pareil. Il pouvait désormais comparer et ne s'en privait pas. Ce n'était pas que Lil fût vieille – elle était toujours belle, et il ne cessait de lui murmurer et de lui chuchoter : « Tu es si belle... ». Seulement il était promis à une autre, à Mary, même si cela n'avait rien de personnel – Mary ou une autre femme, quelle importance ! Un jour, bientôt, il devrait... il faudrait... C'était ce que tout le monde attendait de lui.

Pendant ce temps, Ian semblait bien s'en tirer avec Roz. Avec sa mère à lui, Tom. Ian n'avait pas l'air d'être malheureux ni de souffrir, loin de là.

Et puis Mary débarqua et les surprit tous les quatre en pleins préparatifs pour aller à la plage. On lui trouva des palmes, des lunettes de natation et une planche de surf. Moins d'une demi-heure après son arrivée, elle était prête à affronter avec les deux garçons les périls de la côte sauvage, de l'autre côté de cette baie protégée. Un petit canot à moteur devait les y emmener. Cette ravissante jeune personne, aussi lisse et brillante qu'un poisson, riait et batifolait donc avec Tom et Ian. Et les deux doyennes, installées sur leurs fauteuils à l'affût derrière leurs lunettes noires, virent le canot à moteur approcher et embarquer le trio de jeunes gens.

— Elle est venue pour Tom, commenta la mère de Tom.

— Oui, je sais, répondit la maîtresse de Tom.

— Elle est plutôt gentille, reprit Roz.

Lil ne dit mot.

— Lil, c'est le moment de tirer notre révérence, je pense, continua Roz.

Lil ne disait toujours rien.

— Lil ?

Roz lui jeta un coup d'œil et remonta ses lunettes de soleil pour mieux voir.

— Je ne crois pas que je pourrai le supporter, murmura Lil.

— Il le faut bien.

— Ian n'a pas de petite amie.

— Non, mais il devrait en avoir une. Lil, ils vont bientôt avoir trente ans.

— Je sais.

Très loin, à l'entrée de la baie, là où les rochers noirs et pointus se dressaient au milieu de leurs gerbes d'écume blanche, trois minuscules silhouettes agitèrent les bras dans leur direction avant de disparaître hors de vue de la grande plage.

— Nous devons nous serrer les coudes et y mettre un terme, déclara Roz.

Lil pleurait en silence. Roz ne tarda pas à l'imiter.

— Il le faut, Lil.

— Je sais qu'il le faut.

— Viens, allons nous baigner.

Les deux femmes nagèrent rapidement vers le large et revinrent barboter au bord, puis sortirent de l'eau et montèrent directement à la maison de Roz pour préparer le déjeuner. On était dimanche. Devant elles s'étendait un long et difficile après-midi.

— J'ai du travail, argua Lil – et elle partit pour un de ses magasins.

Roz servit le déjeuner, excusant l'absence de Lil, puis elle aussi prétexta des choses à régler. Ian proposa de l'accompagner. Ce qui laissait Tom et Mary face à face. La confrontation eut lieu. « Tu veux qu'on reste ensemble, ou tu ne veux pas ? » dit Mary. « C'est oui ou non... », « Un de perdu, dix de retrouvés... », « Il était temps pour lui de grandir. » Bref, toute la panoplie d'ultimatums exigés par la circonstance.

Au retour des autres, Mary leur annonça que Tom et elle allaient se marier et ils eurent droit aux félicitations générales. La soirée fut animée : Roz chanta beaucoup de chansons, Tom se joignit à elle, tous chantèrent en chœur. Et quand ce fut l'heure d'aller se coucher, Mary resta avec Tom, dans sa maison, tandis qu'Ian rentrait chez lui avec Lil.

Puis Mary retourna chez elle pour organiser le mariage.

Et il fallut alors trancher dans le vif. Les deux femmes dirent aux jeunes gens que c'était terminé désormais.

— La récréation est finie, conclut Roz.

— Que veux-tu dire ? cria Ian. Pourquoi ? Je ne me marie pas, moi !

Tom continuait à boire en silence, les mâchoires serrées. Il remplissait son verre de vin, le vidait, le remplissait encore, buvait, sans rien dire.

— Elles ont raison, tu ne le vois pas ? lança-t-il enfin à Ian.

— Non ! hurla Ian.

Il alla dans la chambre de Roz et appela celle-ci, pendant que Tom suivait Lil dans sa maison. Ian pleura et implora :

— Pourquoi ? Mais pourquoi ? Nous sommes parfaitement heureux. Pourquoi veux-tu tout gâcher ?

Mais Roz tint bon. Sa détermination était impitoyable. Seulement quand elle et Lil se retrouvèrent toutes les deux, les hommes étant sortis pour en discuter, elles pleurèrent et se répétèrent qu'elles ne pourraient pas le supporter. Elles avaient le cœur brisé, disaient-elles. Comment allaient-elles vivre ? Ce serait insoutenable.

Quand les hommes rentrèrent, les femmes étaient en larmes, mais elles restèrent sur leurs positions. Lil dit à Tom qu'il ne devait pas la suivre ce soir-là, et Roz poussa Ian à rentrer chez lui avec Lil.

— Tu as cassé quelque chose, reprocha Ian à Roz. Tout est ta faute. Pourquoi n'as-tu pas pu laisser les choses telles quelles ?

Roz blagua :

— Courage ! Nous allons devenir des dames respectables. Oui, même vos mères si peu recommandables vont passer pour des parangons de vertu. Nous serons des belles-mères parfaites, et ensuite nous ferons de formidables grand-mères pour vos enfants.

— Je ne te le pardonnerai jamais, dit Ian à Roz.

Et Tom dit à Lil, à voix basse, à elle seule :

— Je ne t'oublierai jamais, jamais.

Bon, c'était un mot d'adieu, presque convenu, qui voulait dire – n'est-ce pas ? – que le cœur de Tom ne souffrirait sans doute pas éternellement.

La noce, inutile de le dire, fut grandiose. Mary était bien décidée à ne pas se laisser voler la vedette par sa théâtrale belle-mère, mais Roz, en tailleur discret, fut le tact incarné. Élégante bien que pâle, Lil, de son côté, souriait et, l'heureux couple à peine parti en lune de miel, elle était déjà en train de se baigner dans la baie ; en bonne maîtresse de maison, Roz ne put quitter ses invités pour descendre la rejoindre. Plus tard, elle traversa la rue pour voir comment allait son amie, mais la porte de sa chambre était fermée à clé et Lil refusa de répondre aux toc-toc et aux questions de Roz. En sa qualité de garçon d'honneur, Ian avait prononcé un discours drôle et aimable. Croisant Roz dans la rue au moment où elle revenait de chez Lil, il lui lança :

— Alors ? Tu es contente de toi maintenant ?

Et lui aussi descendit à la plage en courant.

À présent que Roz se retrouvait dans sa maison vide, elle s'étendit sur son lit et s'autorisa enfin à pleurer. Quand on frappa à sa porte, elle sut que c'était Ian ; elle ne se leva pas et se roula d'un côté puis de l'autre de désespoir, un poing enfoncé dans la bouche.

Dès la fin de leur lune de miel, Mary dit à Tom – qui le répéta à sa mère – qu'elle pensait que Roz devrait déménager pour leur laisser la villa. Cela se tenait. La maison était grande ; parfaite pour une famille. Le seul problème était d'ordre financier. Il y avait des années de cela, la villa avait été abordable, quand tout ce secteur était loin d'être attractif, mais il était désormais très recherché, et seuls les riches pouvaient se permettre ce genre d'acquisition. Dans un geste de générosité impulsif et téméraire, Roz offrit la villa au jeune couple en cadeau de mariage. Où allait-elle vivre, alors ? Elle n'avait pas les moyens de s'acheter une autre maison comme celle-ci. Elle s'installa donc dans un petit hôtel du bord de mer. Cela voulait dire que pour la toute première fois depuis qu'elle était née, elle se trouvait à plus de cinquante mètres de Lil. Elle ne comprit pas tout de suite ce qui la rendait si agitée, si triste et désespérée, elle mit tout sur le compte de la perte d'Ian, mais finit par comprendre que Lil lui manquait, presque autant qu'Ian. Elle avait l'impression d'avoir littéralement tout perdu en l'espace d'une semaine.

Mais elle n'était pas portée sur l'introspection : elle était comme Tom, qui était toujours surpris par ses émotions quand il était obligé d'y réfléchir. Pour tâcher de vaincre son sentiment de vide et de perte, elle accepta un poste de professeur d'art dramatique à plein temps à l'université, se mit à travailler d'arrache-pied, à nager deux fois par jour, à prendre des somnifères.

Mary tomba rapidement enceinte. Les plaisanteries classiques ne furent pas épargnées à Ian ; Saul, entre autres, ne se gêna pas : « Tu ne vas quand même pas te laisser doubler par ton copain, non ? À quand ton mariage ? »

Ian travaillait dur lui aussi. Il s'efforçait de ne pas se laisser le temps de penser. Alors qu'il était familier de la méditation, de la réflexion, de l'introspection, il voyait à présent en elles des ennemies qui n'aspiraient qu'à le terrasser. Un nouveau magasin ouvrait dans la ville où enseignait Harold. Lui et sa femme attendaient leur troisième enfant. Ian ne descendit pas chez eux, mais à l'hôtel. Il rendit bien sûr visite à Harold, qui avait été comme un père pour lui – c'est du moins ce qu'il disait. Là, il rencontra Hannah, une amie de Mary qui l'avait remarqué au mariage de Tom. Ce n'était pas qu'il ne l'aimait pas ; au contraire, elle lui plaisait avec ses manières rassurantes qui pouvaient facilement passer pour maternelles, mais il était comme dans un espace vide rempli d'échos, et ne pouvait s'imaginer faire l'amour avec une autre que Roz.

Tous les matins, il allait se baigner à « leur » plage, où il apercevait Roz de temps à autre. Il la saluait mais se détournait aussitôt, comme si sa seule vue le torturait – ce qui était le cas. Et le plus souvent il prenait le petit canot à moteur pour gagner les plages de surf. Tom et lui y allaient toujours ensemble par le passé, mais Tom était si occupé avec Mary et leur nouveau-né...

Un jour, voyant Roz se sécher sur le sable, le loueur de canots, qui était entré dans la baie exprès pour venir la trouver, coupa le moteur, laissa son bateau se balancer doucement sur les vagues et sauta à l'eau, tirant son embarcation derrière lui comme un chien en laisse.

— Mrs Struthers, dit-il, Ian met sa vie en péril sur la côte sauvage. C'est un beau spectacle, mais il me donne froid dans le dos. Si vous voyez sa mère... ou peut-être que vous...

— Voyons, répondit-elle, demander à un garçon comme Ian de ne pas prendre de risques dépasse le pouvoir d'une mère. De même que le mien, d'ailleurs.

— Mais il faut le mettre en garde. Il cherche des ennuis. Ces rouleaux, là-bas, il faut les respecter !

— L'avez-vous rappelé à l'ordre ?

— J'ai fait de mon mieux.

— Merci. Je vais prévenir sa mère, conclut Roz.

Elle prévint Lil, qui dit à son fils qu'il jouait avec le feu. Si le vieux marin était inquiet, ce n'était pas pour rien.

— Merci, répondit Ian.

Un soir, au coucher du soleil, le marin revint chercher Roz, ou quelqu'un de la bande de la plage, mais il dut monter jusqu'à la maison, où il trouva Mary, à qui il annonça qu'Ian gisait désarticulé dans une des criques de la côte sauvage.

Ian fut hospitalisé. Bien que le médecin lui eût assuré qu'il survivrait, son visage disait clairement qu'il regrettait de ne pas avoir entendu un autre pronostic. Sa colonne vertébrale avait été lésée dans l'accident, mais guérirait probablement. Il avait aussi été blessé à la jambe, et ne devait plus jamais marcher normalement.

Il sortit de l'hôpital et se retrouva dans son lit, chez lui, dans une pièce qui depuis des années n'était plus guère qu'un vestiaire où il se changeait avant de traverser la rue pour aller chez Roz. Mais c'étaient Tom et Mary qui habitaient désormais la maison de cette dernière. Il se tourna du côté du mur. Sa mère tentait bien de l'encourager à se lever, sans parvenir à lui faire prendre un peu d'exercice. Mais si Lil n'y parvint pas, Hannah, elle, eut ce pouvoir. Elle vint rendre visite à sa vieille amie Mary, dormit dans cette maison et passa le plus clair de son temps assise avec Ian, à lui tenir la main, en versant souvent des larmes de compassion.

— Pour un athlète, ce doit être tellement dur, répétait-elle sans cesse à Lil, à Mary, à Tom. Je comprends qu'il soit si démoralisé !

C'était le bon mot, le mot juste. Hannah persuada Ian de tourner son visage vers elle et ensuite, en peu de temps, de se lever et de faire les quelques pas prescrits dans sa chambre, puis de s'aventurer sur la véranda et, rapidement, de traverser la rue pour descendre se baigner. Mais il ne remettrait jamais plus le pied sur une planche de surf et garderait toujours une claudication.

Hannah embrassait sa mauvaise jambe, l'embrassait, lui, et il pleurait avec elle : les larmes d'Hannah l'y autorisaient. On ne tarda pas à célébrer un autre mariage, encore plus grand que le premier – Ian et sa mère étaient si connus, et leurs magasins de sport si utiles à toutes les villes où ils s'étaient établis ! Et puis tous deux étaient réputés pour leurs combats pour la bonne cause et leur gentillesse à l'égard de tous.

Le nouveau jeune couple, Hannah et Ian, habitait donc dans la maison de Lil, avec Lil. En face, l'ancienne demeure de Roz était désormais celle de Tom et Mary. Mal à l'aise dans son rôle de belle-mère, Lil éprouvait de la tristesse chaque fois qu'elle voyait la maison d'en face, qui avait tant changé. Mais après tout elle était riche, à la différence de Roz. Elle acheta donc une des villas en bordure de la plage, à moins de deux cents mètres des deux jeunes couples, et Roz emménagea avec elle. Les deux femmes s'étaient retrouvées, et Saul Butler, quand il les rencontra, se permit une bonne dose de sarcasme dans son « Ah ! de nouveau réunies, je vois !

— Comme tu vois, riposta Roz ou Lil.

— On ne peut pas te duper, Saul, n'est-ce pas ? ajouta Lil ou Roz.

Puis Hannah tomba enceinte, et Ian en était fier, comme il se doit.

— Tout est bien qui finit bien, dit Roz à Lil.

— Oui, j'imagine, murmura Lil.

— Que pouvions-nous espérer de mieux ?

Elles étaient sur la plage, dans leurs vieux fauteuils installés à l'extérieur de leur nouvelle clôture.

— Je n'espérais rien, dit Lil.

— Mais ?

— Je ne m'attendais pas à ressentir ce que je ressens, reprit Lil. J'ai l'impression…

— D'accord, dit vite Roz. Passons ! Je sais. Mais vois les choses ainsi : nous avons eu…

— Le meilleur, acheva Lil à sa place. Maintenant toute cette période me paraît un rêve, je ne peux pas croire à un tel bonheur, Roz, chuchota-t-elle, détournant le visage et se penchant légèrement en avant, bien qu'il n'y eût pas âme qui vive à cinquante mètres à la ronde.

— Je sais, répéta Roz. Eh bien... voilà.

Elle se renversa sur son siège en fermant les yeux. Des larmes ruisselaient sous ses lunettes noires.

Ian partait souvent avec sa mère faire la tournée de leurs magasins. Partout il était accueilli avec une générosité affectueuse et respectueuse. On connaissait la cause de son infirmité. Aussi téméraire qu'un héros de l'Everest, aussi brave que... eh bien, qu'un homme qui chevauche une vague haute comme une montagne. Ian était si beau, si courtois, si bien élevé, si gentil... Comme sa mère.

Un soir, durant l'une de ces tournées, ils étaient dans leur suite, prêts à se coucher. Lil disait à Ian que dès son retour elle allait prendre la petite Alice une journée, afin que Mary en profite pour courir les magasins.

— Vous pouvez être contentes de vous, toutes les deux, lança Ian.

C'était venimeux, cela ne lui ressemblait guère ; elle ne lui connaissait pas ce ton, pensa-t-elle.

— Oui, insista-t-il, pour vous, tout va bien.

— Qu'entends-tu par là, Ian ? Que veux-tu dire ?

— Je ne t'accuse pas. Je sais que ça vient de Roz.

— Mais où veux-tu en venir ? C'est nous deux.

— C'est Roz qui t'a mis cette idée dans la tête. Je le sais. Tu n'y aurais jamais pensé toute seule. Dommage pour Tom. Dommage pour moi.

À ces derniers mots, elle eut un petit rire défensif. Elle revit toutes ces années passées avec Tom, à le regarder se transformer d'éphèbe en homme, à voir le temps faire son œuvre, tout en sachant comment cela allait finir, devait finir, et puis ne pouvait pas ne pas finir. Elle devait y mettre fin… Elle et Roz… Mais c'était si dur, si dur…

— Ian, te rends-tu compte que tu as l'air d'un fou quand tu dis des choses pareilles ?

— Pourquoi ? Je ne comprends pas.

— Que croyais-tu ? Que les choses pourraient continuer ainsi indéfiniment, que Tom et toi seriez devenus des hommes mûrs, toujours célibataires, et Roz et moi vieilles, et puis vous deux vieux à votre tour, sans famille, et Roz et moi, vieilles, archivieilles… Car nous nous faisons vieilles maintenant, tu ne le vois donc pas ?

— Non, ce n'est pas vrai, répondit calmement son fils. Vous enfoncez les jeunes filles quand vous voulez, Roz et toi.

Parlait-il de Hannah et de Mary ? Si c'était le cas… Ce trait retors de pure démence l'effraya, et elle se leva.

— Je vais me coucher.

— C'est Roz qui t'a incitée à faire ça. Je ne te pardonnerai jamais d'avoir accepté. Et qu'elle n'aille pas croire que je lui pardonnerai d'avoir tout gâché ! Nous étions tous si heureux.

— Bonsoir, je te verrai au petit déjeuner.

Hannah mit au monde sa fille, Shirley, et les deux jeunes mères passaient beaucoup de temps ensemble. Leurs belles-mères et leurs maris vivaient dans l'attente de les voir de nouveau enceintes : suite logique, sans aucun doute. Et puis, à la surprise générale, Mary et Hannah annoncèrent qu'elles pensaient se lancer ensemble dans les affaires. On leur proposa aussitôt de travailler dans les magasins de sport : elles auraient des horaires flexibles, pourraient aller et venir, gagner un peu d'argent… Et, c'était le corollaire, bénéficier d'un emploi du temps confortable pour s'occuper de leurs deuxièmes bébés.

Elles déclinèrent cette proposition : elles voulaient créer une nouvelle société toutes les deux.

— J'espère que vous accepterez notre aide pour le financement, dit Ian.

Et Hannah de répondre :

— Non, merci. Le père de Mary peut nous dépanner, il est bourré de fric – quand Hannah parlait, c'était souvent la pensée de Mary qu'ils entendaient : Nous voulons être indépendantes, poursuivit la jeune femme, un peu confuse, consciente de ce que son ton avait eu de peu amène, pour ne pas dire plus.

Un week-end, les belles-filles partirent en emmenant leurs enfants pour les montrer à leurs familles.

Lil et Roz, Ian et Tom s'attablèrent tous les quatre dans la maison de Roz – l'ancienne maison de Roz. La rumeur des vagues leur disait que rien n'avait changé, rien du tout… sauf que les affaires du bébé de Mary traînaient dans toutes les pièces, comme le voulait la vie de famille moderne.

— C'est très étrange ce qu'elles veulent, déclara Roz. Comprenons-nous bien pourquoi ? Qu'est-ce que ça signifie ?

— Nous leur pesons trop, répondit Lil.

— Nous, elles, expliqua Ian. Elles, nous.

Ils le dévisagèrent tous, cherchant à comprendre le sens de ses mots.

Puis Roz s'écria, émue, blessée :

— Nous avons fait tant d'efforts, Lil et moi ! Nous avons fait de notre mieux.

— Je sais que c'est vrai, dit Tom. Nous le savons.

— Mais voilà où nous en sommes, ajouta Ian. Voilà où nous en sommes…

À ce moment-là, il se pencha en avant vers Roz, passionné, accusateur. Il n'avait plus grand-chose du garçon aimable et plein d'urbanité que tout le monde connaissait.

— Et rien n'a changé, hein, Roz ? Dis juste la vérité, dis-la-moi. Rien n'a changé, hein ?

Les yeux remplis de larmes de Roz croisèrent les siens. Elle se leva de table pour se réfugier dans un rituel : sortir des boissons fraîches du frigo.

Regardant Tom calmement, bien en face, Lil lança :

— Ça ne sert à rien, Roz. Ne te mets pas…

Roz pleurait silencieusement, au vu et au su de tous, ses lunettes noires posées sur la table. Puis elle cacha ses yeux derrière ses lunettes et, dirigeant ces disques noirs vers Ian, balbutia :

— Je ne comprends pas ce que tu veux, Ian. Pourquoi t'acharnes-tu ? Tout est fini, terminé.

— Alors tu ne comprends pas ? s'obstina Ian.

— Arrête, intervint Lil, qui commençait elle aussi à pleurer. À quoi rime cette scène ? Tout ce qu'il nous reste à faire, c'est décider ce que nous allons leur dire, elles veulent notre soutien.

— *Nous* leur promettrons donc de les soutenir, répliqua Ian, avant d'ajouter : Je vais me baigner.

Et tous les quatre descendirent en courant se jeter dans les vagues. Ian boitait toujours, mais pas trop.

Il est intéressant de remarquer que dans la discussion de cet après-midi-là entre les quatre, une certaine question clé n'ait pas été abordée. Si les deux jeunes femmes devaient créer une entreprise, alors les grand-mères auraient à jouer leur rôle.

Une seconde discussion, entre tous les six cette fois, porta sur ce sujet.

— Des grand-mères actives, dit Roz. Cette idée me plaît. Et à toi, Lil ?

— « Actives », c'est le mot, ironisa Lil. Je ne vais quand même pas laisser mes magasins. Comment allons-nous caser les petites ?

— Facile, rétorqua Roz, nous allons jongler. Je bénéficie de longues vacances à la fac. Toi, tu as Ian à ta disposition dans vos magasins. Il y a les week-ends. Et j'imagine que les filles auront envie de voir leurs petits anges de temps en temps…

— Vous n'insinuez quand même pas que nous allons les négliger ? se défendit Mary.

— Non, chérie, non, pas du tout. D'ailleurs, Lil et moi avions toutes les deux des jeunes filles pour nous aider à nous occuper de nos petits trésors, n'est-ce pas, Lil ?

— Oui, mais pas souvent.

— Tant pis ! s'exclama Mary. J'imagine que nous pouvons prendre une fille *au pair**, si c'est comme ça.

— Comme tu prends la mouche ! dit Roz. Nous pouvons sûrement trouver nous-mêmes des filles *au pair** si nécessaire. En attendant, les mamies sont à votre service.

Le jour où les petites furent présentées à la mer, ce fut une véritable cérémonie. Les six adultes étaient tous là, sur la plage. On avait étendu des plaids. Les grand-mères, Roz et Lil, étaient assises en bikini, les bébés calés entre leurs genoux ; elles enduisaient de crème solaire ces délicates petites créatures aux cheveux blonds et à la peau claire entourées de grandes personnes imposantes et protectrices.

Les mamans les emmenèrent à l'eau, assistées de Tom et de Lil. Il y eut beaucoup de barbotage, de cris de peur et de ravissement de la part des petites, de paroles de réconfort de celle des adultes – la scène était assourdissante. Roz et Ian, eux, étaient restés sur les plaids déjà envahis par de fines et scintillantes traînées de sable. Ian fixa sur Roz un long regard brûlant puis ordonna :

— Enlève tes lunettes.

Roz obéit.

— Je n'aime pas que tu me caches tes yeux, lui reprocha-t-il.

D'un geste brusque, elle remit ses lunettes.

— Arrête, Ian. Tu dois arrêter, ce n'est tout simplement pas le moment.

Il tendit le bras pour lui retirer ses lunettes. Elle lui donna une claque sur la main. Lil vit son geste de là où elle était, dans l'eau jusqu'à la taille. Elle vit son intensité, on pourrait même dire sa férocité... Hannah n'avait-elle rien remarqué ? Et Mary ? Hurlement d'une des petites filles, Alice. Une énorme vague s'était dressée et...

— Elle m'a mordue, brailla-t-elle. La mer m'a mordue.

Ian se leva d'un bond, attrapa Shirley qui elle aussi faisait du tapage à présent.

— Tu ne vois pas ? cria-t-il à Hannah, couvrant le bruit de la mer. Vous les terrifiez, elles sont terrifiées !

Il sortit des vagues en clopinant, une enfant sur chaque épaule. Il se mit à balancer et à secouer les petites en mimant une espèce de danse, mais il boitait de plus en plus à chaque pas et leurs cris redoublèrent.

— Mamie ! hurlait Alice.

— Je veux ma mamie ! sanglotait Shirley.

Il déposa les fillettes sur les plaids. Lil rejoignit Roz, et les grand-mères apaisèrent et cajolèrent les enfants pendant que les quatre autres allaient se baigner.

— Là, là, mon canard, chantonna Roz à Alice.

— Mon pauvre petit cœur, roucoula Lil à Shirley.

Quelques jours après cette partie de plage, les deux jeunes femmes étaient installées dans leurs nouveaux bureaux, dans le local qui – elles en étaient convaincues – serait le théâtre de leurs futurs triomphes.

— Nous organisons une petite fête, avaient-elles annoncé, laissant supposer qu'il devait y avoir des associés, des sponsors, des amis.

En fait, elles étaient seules ; elles buvaient du champagne, déjà pompettes.

C'était la fin de leur première année. Elles avaient travaillé dur, plus dur qu'elles ne s'y étaient attendues. Les choses avaient si bien marché qu'elles parlaient déjà de s'agrandir. Cela signifiait des horaires encore plus lourds, et davantage de contraintes pour les grand-mères.

— Elles accepteront, affirma Hannah.

— Je n'en suis pas si sûre, répondit Mary.

Sa voix avait quelque chose d'inhabituel. Hannah leva les yeux pour voir ce qu'elle voulait laisser entendre, puis lança :

— Qu'on se crève le cul – ou qu'elles se crèvent le cul, d'ailleurs – là n'est pas la question, elles veulent qu'on tombe de nouveau enceintes.

— Exactement, approuva Mary.

— Ça m'est égal, reprit Hannah. J'ai dit oui à Ian, mais rien ne presse. Nous pouvons monter notre affaire et puis on verra. Mais tu as raison, c'est ce qu'elles veulent.

— Ce qu'elles veulent, répéta Mary, elles. Et ce qu'elles veulent, elles entendent bien l'avoir !

À ce point de leur conversation, Hannah montra des signes d'agacement. Accommodante par nature, docile, elle s'était d'abord inclinée devant la forte personnalité de Mary, mais elle commençait à présent à s'affirmer :

— Moi, je les trouve très gentilles.

— Toujours elles, fit Mary. Mais qui diable sont-*elles* pour se montrer gentilles avec *nous* ?

— Allons donc ! Nous ne pourrions aucunement lancer cette affaire sans les grand-mères pour nous aider en tout.

— Roz est toujours vachement délicate ! ironisa Mary.

Le champagne aidant, les mots avaient fusé tout seuls. Elle se resservit.

— Elles sont toutes les deux si délicates !

— Tu dois être à court de sujets de plainte.

— J'ai la sensation qu'elles nous épient en permanence pour s'assurer que nous sommes bien à la hauteur.

— À la hauteur de quoi ?

— Je n'en sais rien, répondit Mary, les larmes aux yeux. J'aimerais bien le savoir. Il y a quelque chose, là...

— Elles ne veulent pas être des belles-mères envahissantes.

— Parfois je les hais !

— Tu les *hais* ? s'étonna Hannah avec un sourire.

— Elles les tiennent, tu ne le vois pas ? Parfois j'ai l'impression...

— C'est parce que les garçons n'ont pas eu de pères. Le père d'Ian est mort, et celui de Tom est parti et s'est remarié. Voilà pourquoi ils sont si proches, tous les quatre !

— Je me moque bien de la raison. Parfois, j'ai l'impression d'être une pièce rapportée.

— Je crois que tu es injuste.

— Tom se fiche pas mal de la femme qu'il a épousée. Ce pourrait être une mouette... ou une femelle kangourou !

Hannah se renversa dans son fauteuil en riant.

— Je suis sérieuse. Oh ! il est toujours vachement gentil ! Il est si agréable. Je crie, je lui cherche querelle, tout cela pour l'obliger à me voir. Et ensuite, tout ce que je sais, c'est qu'on se retrouve au lit en train de baiser.

Mais Hannah n'avait pas la même impression. Elle savait qu'Ian avait besoin d'elle. Ce n'était pas seulement la légère dépendance due à sa jambe estropiée ; il se cramponnait parfois à elle comme un enfant. Oui, il y avait quelque chose d'un peu enfantin en lui. Une nuit, il avait appelé Roz dans son sommeil et Hannah l'avait réveillé.

— Tu rêvais de Roz, lui avait-elle reproché.

Tout de suite en éveil et sur ses gardes, il avait grogné :

— Ça n'a rien de surprenant. Je l'ai connue toute ma vie. Elle a été une deuxième mère pour moi – et il enfouit son visage entre ses seins. Oh, Hannah ! je ne sais pas ce que je ferais sans toi...

À présent que Hannah lui tenait tête, Mary se sentait encore plus seule. Autrefois elle avait pensé : « Il y a Hannah. Au moins, j'ai Hannah ! »

Plus tard, en se repassant cette conversation, Mary sut que quelque chose lui échappait. Cela avait toujours été son sentiment. Et de quoi se plaignait-elle encore ? Hannah avait raison. Quand elle considérait leur situation vue de l'extérieur, elles étaient mariées à ces deux hommes convoités, connus, bien établis, riches, aimés de tous – de quoi se plaignait-elle donc ? « J'ai tout », décida-t-elle. Mais, à cet instant, une voix monta de ses entrailles : « Non, je n'ai rien. » Il lui manquait tout. « Je n'ai rien », se répéta-t-elle, submergée par un sentiment de vide. Au centre même de son existence, il n'y avait rien, une absence.

Et pourtant elle ne pouvait pas mettre le doigt sur ce qui n'allait pas, sur ce qui lui manquait. Il y avait donc quelque chose qui ne tournait pas rond chez elle. C'était elle, Mary, la fautive. Mais pourquoi ? Qu'y avait-il ? Ainsi s'interrogeait-elle, si malheureuse parfois qu'elle songeait à fuir cette situation pour de bon.

Quand Mary avait trouvé le paquet de lettres, oublié dans un vieux sac de voyage, elle avait d'abord cru qu'elles étaient toutes de Lil à Tom, banales, du genre de celles qu'on attendrait d'une vieille amie ou d'une seconde mère. Elles commençaient par « Cher Tom » et s'achevaient sur « Tendrement, Lil », avec de temps en temps une ou deux croix pour « grosses bises ». Et puis il y avait eu l'autre lettre, celle de Tom à Lil, qui n'avait pas été postée :

« Pourquoi ne devrais-je pas t'écrire, Lil ? Pourquoi non ? Il le faut au contraire, je pense à toi tout le temps, oh mon Dieu ! Lil, je t'aime tant, je rêve de toi, je ne peux pas supporter d'être séparé de toi, je t'aime, je t'aime… »

Et ainsi de suite, des pages entières. Elle avait alors relu les lettres de Lil et les avait vues sous un autre jour. Et puis elle avait tout compris. Au moment où elle se tenait sur le chemin avec Hannah, en contrebas des jardins de *Baxter's*, et où elle avait entendu le rire de Roz, elle avait su que son rire était moqueur. Ils se moquaient d'elle, Mary, et elle avait enfin tout compris. Tout lui était apparu très clairement.

8515

Composition
NORD COMPO

Achevé d'imprimer en Slovaquie
par NOVOPRINT SLK
le 12 avril 2013.

Dépôt légal février 2013.
EAN 9782290059777
OTP L21EPLN001376A002

ÉDITIONS J'AI LU
87, quai Panhard-et-Levassor, 75013 Paris

Diffusion France et étranger : Flammarion